Margarethe Alb

Glitzerstaub

ein Weihnachtswunderbuch

© 2017 Margarethe Alb

Autor: Margarethe Alb
ISBN: 9783746030685
Herstellung und Verlag: BoD - Books on Demand, Norderstedt
Umschlaggestaltung, Illustration: Osanna Stephan

Inhaltsverzeichnis

Margarethe Alb

An meine lieben Leser

Die hier vorliegende Geschichte wurde mir von meiner guten Freundin Syringa in die Feder diktiert. Syri, die Fliederdryade, ist als Baumgeist eines der Wesen, die besonders empfindlich auf Veränderungen und Gefahren in der Natur und ihrer näheren Umgebung reagieren. Manchmal droht dabei Unheil aus völlig unerwarteter Richtung. Nie wieder wird daher einer von uns die Angst eines Kindes vor einem sogenannten Monster unter dem Bett als Spinnerei abtun. Denn wir wissen, welches Grauen dort warten kann. Jawohl.

Das Monster hätte beinahe das Weihnachtsfest der gesamten Gemeinschaft auf dem Gewissen gehabt, wenn, ja wenn es nicht die Feier zur Ehre der ersten der Raunächte, der Thomasnacht, gegeben hätte. Oder so.

Lest dieses Büchlein bitte ganz genau und handelt danach, wie Euer Gewissen es Euch empfiehlt. Und es wird sich regen.

Das Gewissen. Garantiert.

In diesem Sinne wünsche ich eine schöne Weihnachtszeit,
Eure Margarethe Alb.

Noch eine Kleinigkeit, bevor es losgeht!

Eigentlich sollte es dieses Jahr gar kein Weihnachtsbuch geben. Bis, ja bis ich der Meinung war, einer guten Freundin diese Geschichte aufschreiben zu müssen.

Liebe Frauke,

dieses Büchlein widme ich Dir, die Du mir jederzeit die ungewöhnlichsten Bastelzutaten besorgst oder uns mit Deiner Art, winzige Schönheiten zu schaffen, zu Bewunderungsstürmen hinreißt. Du bist immer da, wenn frau Dich braucht und verbreitest gute Laune. Dafür möchte ich Dir danken!

Und dann ist da noch Dein Problem mit Deinem kleinen Jungen, der nun langsam zum Mann heranwächst. Glaub mir, er wird immer Dein kleiner Junge bleiben.

Zumindest ein Kindskopf, schau Dir nur Syris Gatten Hannes an, der auch nach über einem halben Jahrtausend noch wie ein Welpe umherspringt! Und davon abgesehen, soll er doch groß und bierernst werden, wir beide werden auch dann noch immer und ewig kleine Mädchen bleiben, die auf Glitzerstaub stehen und sämtliche Feen beschützen wollen.

Oder?

Deine Margarethe.

1.

„Unter meinem Bett ist ein Monster!"

Ich verdrehte die Augen, als ich die Bettdecke von mir schob und mit den Füßen nach den dicken, handgefilzten Hausschuhen tastete. Unser Schlafzimmer war ziemlich ausgekühlt, weshalb ich mir auch noch den Bademantel griff, der am Fußende lag.

Es war immer wieder eine Herausforderung, auf Jakob aufzupassen. Der jüngste Spross Conrads des Zweiten von der Wallenburg war ein Wirbelwind ohnegleichen. Fantasiebegabt und immer eine Spur zu neugierig. Dabei war er verspielt wie ein junger Welpe, obwohl er keine Spur des wölfischen Erbes seines Vaters in sich trug. Trotzdem geriet er fast täglich in irgendwelche Schwierigkeiten. Man hätte fast glauben können, dass er das Kind meines eigenen Mannes hätte sein können. Vielleicht.

Normalerweise passte seine Großmutter Margarethe auf ihn auf, wenn seine Eltern unterwegs waren. Conrad, Clemens' Sohn, war mit einer Tänzerin verheiratet, welche in den Bühnenshows diverser Rockstars ein fester Bestandteil war. Mit dem übermäßigen Beschützerdrang eines Mondwolfs ausgestattet, ließ Conrad seine Gemahlin auch auf der Bühne niemals aus den Augen. Niemand hätte jemals angezweifelt, dass er Luisa auf jeder ihrer Touren begleiten würde.

Davon abgesehen verließen sich die Stars darauf, dass Connie sie beschützte. Er galt als einer der besten Bodyguards der Branche.

Was für die Künstler bedeutete, wollten sie Luise, bekamen sie Connie dazu und umgekehrt.

Der knallharte, muskelbepackte Mann wurde butterweich, wenn es um seine Angebetete und die Kinder ging.

Bevor das Paar Jakob in meiner Obhut gelassen hatte, hatte Conrad sogar die Frechheit besessen, unser Haus überprüfen zu wollen und heimlich sogar unsere Onlinekontakte ausspioniert. Irgendwann war das Sicherheitstheater dann meinem Gemahl zu viel geworden und er hatte Connie der Tür verwiesen. Einzig seinem Sohn durfte er vorher noch einen Kuss geben.

Ich griff nach der Hand des Jungen und ließ mich in das Gästezimmer ziehen, welches für einige Wochen zu einem Kinderzimmer umfunktioniert worden war. Die Nachttischlampe leuchtete und verströmte ein weiches, warmes Licht. Jakobs Fingernägel bohrten sich tief in die Haut meiner Hand, als wir uns seinem Bett näherten. Der Junge begann mit jedem Schritt mehr zu zittern und versteifte sich sichtlich.

Die Bettdecke war auf seinem Lager zu einem großen Klumpen zusammengeschoben und das Laken hing an der Seite hinab. Ein zarter Duft nach Kirschen stieg von der Bettwäsche auf. Ich bückte mich, um unter das Bett zu schauen. Jakobs Händchen löste sich von der meinen, während er zurückwich, um sich hinter mir zu verbergen.

Ich versuchte, durch die Schatten zu blicken. Etwas Hartes stieß mich im Kreuz an und ich griff nach hinten, um mir die

Taschenlampe zu greifen, welche Jakob mir da gerade so unsanft in die Nieren drückte.

Aber auch im Lichtkegel der kleinen Lampe war der Raum unter dem Bett verlassen. Einzig eine kleine Wollmaus fand sich in der hintersten Ecke direkt in der Zimmerecke.

„Komm mein Süßer und schau selber nach. Das Monster hat Reißaus genommen." Jakob schob sich vorsichtig an meine Seite und ließ sich auf die Knie sinken. Zweifelnd hob er den herabhängenden Zipfel seines Bettlakens an und schaute darunter.

„Aber es war da, Tante Syringa. Ich schwöre es!" Ich verkniff mir das Schmunzeln, das meine ernsthafte Miene zu zerstören versuchte. Das Ziel dieses Monster war einfach zu erkennen.

„Jakob, Liebster, möchtest du vielleicht ausnahmsweise bei mir schlafen?" Nichts anderes geschah nämlich jedes Mal, wenn der kleine Tunichtgut bei uns zu Gast war.

Der Junge stöhnte erleichtert auf, erhob sich blitzschnell und wischte sich imaginären Staub von den Knien seines Schlafanzuges. Ich hatte das Licht im Kinderzimmer noch nicht gelöscht, als ich bereits hörte, wie der kleine Gauner meinen Mann in die Schranken und weg von meinem Kopfkissen wies. Kopfschüttelnd kroch auch ich unter die Decke und zuckte nur kurz vor seinen eiskalten Füßchen zurück.

2.

Ich stand schon eine ganze Weile an der Küchenspüle und blickte nach draußen, wo der Schnee des frühen Winters in riesigen, schweren Flocken vom Himmel fiel.

Das würde den Dämonen, welche am Abend das Fest der Thomasnacht ausrichten würden, gar nicht gefallen. Auch mich fröstelte es bei dem Gedanken an die feuchte Kälte, die außerhalb der dicken, isolierenden Mauern unseres Hauses herrschte. Ich richtete den Blick nach oben und verdrehte die Augen. Meine Freundin Limat, die unter den Menschen so viele Namen hatte, war offenbar einmal wieder ziemlich voreilig gewesen, den diesjährigen Winter einzuläuten.

Zum Glück gab es heutzutage gut beheizte Geländewagen, um den Weg durch den Wald auch bei solch grausigem Wetter trocken und warm zurück zu legen. Der Schnee wirbelte unter einer Windböe auf und gab den Blick auf ein ungleiches Paar frei.

Ein riesiger Wolfshund sprang immer wieder mit allen vieren gleichzeitig in die Luft. Bei jedem Hopser versuchte er, die dicken Flocken mit dem Maul aufzufangen, während ein dick eingemummelter Junge sich vor Lachen auf dem Boden kugelte.

Meine Gedanken schweiften zu einer Thomasnacht vor vielen hundert Jahren zurück. Damals hatte eben dieser Wolf auf seine täppische Art versucht, mein damaliges Zuhause vor der Zerstörungswut der Flammendämonen zu retten. Das Ergebnis war mein allererster Kuss gewesen, den mein Hannes mir

geschenkt hatte. Seitdem war diese Nacht alljährlich die Wichtigste in meinem Jahresablauf. Sie war nicht nur die längste Nacht des Jahres, wir hatten uns in dieser auch das Eheversprechen gegeben.

Mein Wolfsmann war die Liebe meines Daseins und es hatte uns viele Mühen gekostet, zusammenzufinden.

Hinter mir kündete das Quietschen der Küchentür einen Gast an. Ich brauchte mich nicht herumzudrehen um ihn zu erkennen, denn das Zischeln seiner Zunge verriet Cernun. Der Schlangenmann und ehemalige gottgleiche Anführer seiner Rasse, lebte bereits seit einigen Jahrhunderten in unserer direkten Nachbarschaft und überwinterte alljährlich hier im Haus.

„Hast du dich wieder breitschlagen lassen, auf den kleinen Schwerenöter aufzupassen?" Ich zuckte mit den Schultern.

„Grethe ist mit Clemens noch nicht wieder zurück und Luisa tritt nun einmal bei dieser Weihnachtsshow in London auf. Was sollte ich machen? Ihn in den Schuppen sperren oder zum alten Grafen Conrad bringen? Der hätte ihm nur Wolfsunsinn erzählt und rohes Fleisch gefüttert." Cernun trat dicht hinter mich und ich legte den Kopf gegen seine schmale Schulter. Der Gestaltwandler umarme mich von hinten und versuchte sich ein wenig von meiner Körperwärme zu klauen.

„Du hättest Magdalena bitten können, auf Conrad und den Kurzen ein Auge zu haben." Na klar.

„Der kleine Kerl wäre bei Conrad unter die Räder gekommen und Magdalena hat derzeit mit einigen ziemlich unangenehmen Widrigkeiten zu kämpfen, hätte ihr Auge also bei sich benötigt.

15

Nein Danke, da nehme ich hin lieber selber." Immerhin hatte er als einziges von Conrad Juniors Kindern das dryadische Erbe seiner Mutter Luisa, einer Kirschdryade, geerbt und lag mir daher besonders am eigenen, dryadischen Herzen.

„Fährst du heute Abend mit uns?" Cernun nickte hinter mir. „Immerhin war die Nacht eures Kusses auch meine erste Nacht in der Gemeinschaft." Schmunzelnd dachte ich an die halberfrorene Schlange zurück, welche damals aus einem engen Felsspalt hervorgekrochen war.

Ein Schneeball donnerte gegen die Fensterscheibe und ließ diese erzittern. Während Cernun automatisch einige Schritte zurück wich, hob ich eine Hand und drohte den Missetätern, welche ihr breites Grinsen nicht unterdrücken konnten.

Einige Tassen mit heißem Kakao später wies ich Jakob an, sich warme Sachen anzuziehen und auch die Thermounterwäsche nicht zu vergessen. Wir Baumgeister litten ähnlich wie die Schlangenleute fürchterlich unter der winterlichen Kälte. Allerdings war Jakob da ganz offensichtlich eine Ausnahme. Ob es an einem winzigen Anteil Wolfsblut in seinen Adern lag oder Kinder da einfach drüber hinweg sehen konnten, war mir nicht ganz klar. Ich runzelte die Stirn und versuchte mich zu erinnern, wie sich unser Nachwuchs seinerzeit aufgeführt hatte.

Wie von allein verdrehten sich meine Augen. Da die Jungs allesamt nach ihrem Vater geraten waren, hatte sich diese Frage nie gestellt. Und unsere Tochter, welche als einzige mein Erbgut getragen hatte, weilte schon ewig nicht mehr unter uns. Sie hatte ihren ersten Winter nicht überlebt.

Mein Herz zog sich zusammen, als ich an das winzige Mädchen dachte, das uns nur so kurze Zeit Freude geschenkt hatte.

„Tante Syri!" der Schrei traf mich bis ins Mark und ließ Cernun zusammenzucken. Während ich mir die schrecklichsten Unfallursachen ausmalte und in Gedanken bereits mit vor Scham gesenktem Kopf vor den trauernden Eltern des Jungen stand, konnte der Schlangenmann einfach nur nicht mit schrillen Tönen umgehen.

Ich stürme die Treppe nach oben und schlitterte mitsamt dem Läufer aus persischer Wolle bis zur Kinderzimmertür. Aus der Gegenrichtung sprang mein großer Wolf ebenfalls auf den Ursprung des Schreis zu. Mitten im Zimmer stand Jakob und klammerte sich an seine Schmusedecke. Die blauen Augen des Jungen waren vor lauter Entsetzen weit aufgerissen und er zitterte am ganzen Leib.

„Das Monster. Da… unten…Monster."

Der große Hund drängte sich an mir vorbei und senkte die Nase. Mein Ehemann schnupperte und schnüffelte durch den Raum und kroch dann unter Jakobs Bett.

Bevor er erst zu knurren und gleich darauf zu winseln begann. Wie von einem Tennisschläger zurückgeschlagen, fuhr er nur einen Wimpernschlag später unter dem Bett hervor und knallte mit Schwung an die gegenüber liegende Wand. Dort klatschte er zu Boden und wuchs zur Kampfform heran.

Einem Mondwolf, der diese Form angenommen hatte, sollte man tunlichst aus dem Weg gehen, also zog ich Jakob hinaus in den Flur und weiter die Treppe hinunter.

Eine große Schlange ringelte sich uns entgegen hinauf ins Obergeschoß, um Hannes zu unterstützen.

Schon Minutenlang schien dort oben ein Kampf um Leben und Tod anzudauern. Möbel und, dem Klang nach, eine Fensterscheibe splitterten und immer wieder drangen jaulende Töne zu uns herunter. Als die Geräusche des Kampfes langsam abebbten, befahl ich Jakob, bei seiner Tasse Kakao am Tisch sitzen zu bleiben und wagte mich bis zum Fuß der Treppe vor.

Ich wich im allerletzten Augenblick zur Seite, als die Schlange an mir vorbeigesegelt kam und zischend neben mir auf dem Fliesenboden landete. Cernun rollte sich zusammen und zischelte empört. Ich hockte mich neben ihn.

„Brauchst du Hilfe? Den Tierarzt?" Das Zischen schwoll zu einer ziemlich unflätigen Schimpftirade an, als die Schlange sich zu dem glatzköpfigen, spaltzüngigen Mann verschob, der er im Alltag war.

„Ich geb dir gleich Tierarzt, Flieder." Er rieb sich eine Wange und rannte förmlich aus der Haustür. Ohne Mantel und Mütze. Was bedeutete, dass es wirklich schlimm sein musste. Ich schüttelte den Kopf. Welches Untier hatte sich da bloß unter Jakobs Bettchen verkrochen?

Das schlechte Gewissen nagte in mir. Hatte ich das Zimmer nicht gründlich genug kontrolliert, bevor wir Jakob darin einquartiert hatten? Und, warum hatte ich ihm nur nicht geglaubt, als er letzte Nacht solche Angst gehabt hatte? Langsam erklomm ich die Treppe und wagte einen Blick den Gang entlang.

Ein letztes Mal hörte ich Holz splittern und dann schlug die Kinderzimmertür zu.

Hinter meinem Ehewolf. Dieser leckte seine Flanke und warf mir einen um Mitleid heischenden Blick zu. Ich stöhnte auf.

Eigentlich sollten wir schon eine viertel Stunde unterwegs hinauf zur Tanzbuche am Rennsteig sein, um die Thomasnacht zu feiern. Aber wie es aussah, benötigten wir hier und jetzt einen Arzt, der sich um die diversen Schnittwunden kümmerte. Meine vorherige Frage an Cernun war kein Witz gewesen.

„Tierarzt oder Hausarzt?" „Jaulau." Also kein Mediziner. Hannes verschob sich zum Menschen. Er sah schrecklich zugerichtet aus. Sein linkes Auge war dabei, rettungslos zuzuschwellen und Blut tropfte von seiner Stirn.

„Ein wenig Eis und ein Waschlappen dürften genügen, Syri." Hannes presste eine Hand gegen seinen Oberarm, dessen Haut ebenfalls aufgerissen war. Zum Glück heilten die Gestaltwandler außergewöhnlich schnell. Schon in einer halben Stunde würde nur noch eine rote Narbe zu sehen sein. Einzig, wenn Knochen oder große Adern betroffen waren, erbot es sich, einen eingeweihten Mediziner aufzusuchen.

Hannes saß auf dem Rand der Badewanne und ließ sich von mir einige der größeren Risse reinigen.

„Welcher Art ist denn das Monster nun eigentlich?" Mein Mann zuckte unter dem Waschlappen zusammen, als ich eine etwas empfindsamere Stelle hinter seinem Ohr reinigte.

„Wenn ich das nur wüsste. Es kam wie ein Blitz unter dem Bett hervorgeschossen. Irgendein ziemlich kleines, aber garantiert

19

absolut bösartiges Wesen mit nadelspitzen Zähnen und langen Krallen. Ich habe so etwas noch nie gesehen."

Und das mochte schon etwas heißen, bewegten wir uns doch seit vielen Jahrhunderten in der magischen Gemeinschaft. Ich strich sein Haar aus einer weiteren Wunde.

„Welcher Gestalt war es denn?" Hannes zuckte grübelnd mit den Schultern.

„Ich habe keine Ahnung, es bewegt sich sogar zu schnell für meine Augen. Vielleicht hat Cernun ja mehr erkennen können. Immerhin sehen die Schlangenleute ja anders als wir." Ich nickte und forderte ihn mit einer Geste auf, sich endlich für das Fest fertig zu machen.

3.

„**H**annes, hast du das Monster wirklich erwischt?" Aus Jakobs Stimme trieft die Angst. Das Gemetzel im Kinderzimmer hatte den Burschen sichtlich aufgewühlt. Hannes atmete noch einmal tief durch und suchte im Rückspiegel unseres Geländewagens seinen Blick.

„Zumindest ist es zum Fenster hinausgeschossen. Und zwar schneller als jeder Pfeil vom Bogen." Jakob lehnte sich in seinem Kindersitz so weit nach vorn, wie die Gurte es zuließen.

„Darf ich dann heute Nacht wieder bei euch schlafen?" Da wir leider keinem Heinzelmännchen Unterschlupf gewährten, blieb uns gar nichts anderes übrig. Die Fensterscheibe in seinem Schlafzimmer war ja in tausende Splitter zersprungen und würde sich nicht von selbst reparieren. Ich lehnte mich mit verschwörerischer Miene zu ihm hinüber und unterdrückte das Grinsen, welches mich innerlich beherrschte.

„Verrate es aber nicht deinem Vater!" Entschlossen schüttelte der Knirps den Kopf, so dass seine braunen Locken nur so flogen.

„Niemals." Ich konnte sogar von meinem Platz auf der Rückbank erkennen, dass die Männer auf den Vordersitzen schmunzelten. Sie waren immerhin außerhalb der Sichtweite des vorlauten Knirpses.

Hannes wusste genauso gut wie Cernun, dass Conrad absoluten Wert darauf legte, seine Kinder zur Selbstständigkeit zu erziehen.

22

Dazu gehörte seiner Meinung nach eben auch, dass ausschließlich im eigenen Bett geschlafen wurde. Aber immerhin waren wir ja seine Lieblingsanverwandten und durften unseren jüngsten Neffen daher nach Herzenslust verwöhnen.

Die Straße auf den Heuberg hinauf war, trotz des winterlichen Wetters, durch das reichhaltig verstreute Salz feucht, aber keinesfalls glatt. Obwohl es draußen wider Erwarten geschneit hatte, waren wir noch weit von der doch recht feierlichen Stimmung entfernt, welche Winterwetter zur Thomasnacht normalerweise in unseren Gemütern heraufbeschwor.

Viel zu sehr beschäftigte uns nach wie vor das Monster aus dem Kinderzimmer. Wenn wir großes Glück hatten, waren Amalia und Julius bereits im Gasthaus eingetroffen.

Julius, einer der letzten echten Elfen, konnte die Art eines Wesens einzig am Geruch erkennen. Und dass meine luftige Freundin Limat, die weiße Luftdämonin und der beste aller Weihnachtsengel in Personalunion, sich unsere Geschichte einmal anhörte, konnte auch nicht schaden.

Auf der Höhe angekommen, lenkte Hannes das Auto auf den nur notdürftig geräumten Parkplatz. Während ich Jakob losmachte, zog mein Gatte einen großen Rucksack aus dem Kofferraum und löste die Verschnürung. Warme Luft stieg daraus auf und bildete kleine Dampfwölkchen in der Kälte des Dezemberabends.

Cernun öffnete zitternd seinen Mantel und glitt, sich blitzschnell wandelnd, in das angewärmte Innere. Ich griff mir den großen Korb, der neben dem Rucksack im Kofferraum gestanden hatte, und konnte gerade noch schnell die Hände wegziehen, als sich die Klappe auch schon mit einem Rums schloss. Schnee wirbelte auf.

„Tante Limat!" Jakob verwandelte sich in einen Schneeball, als er auf die Urheberin des Durcheinanders zuschoss. Die ganz in strahlendes Weiß gewandete Frau trat breit lächelnd hinter einer uralten Buche hervor und breitete die Arme aus. Der Junge warf sich vor Freude quietschend hinein und die beiden verschwanden in einer Wolke aus dem allerfeinsten glitzernden Pulverschnee.

Hannes legte schmunzelnd einen Arm um meine Schultern und ich spürte, wie er mir einen schnellen Kuss auf die Pudelmütze drückte. Arm in Arm legten wir den Weg bis zum Treffpunkt zurück.

Auf der Wiese vor dem Gasthaus waren mehrere große Feuer entzündet worden und es duftete nach Bratwürsten und mit Honig und Kräutern gewürztem Glühwein. Gleich neben dem Glühweinstand bot ein Händler giftgrün gefärbte Zuckerwatte an. Ich schüttelte laut auflachend den Kopf und spürte auch Hannes neben mir fröhlich aufglucksen.

„Limat. Sie kann es einfach nicht lassen." Da tauchte die Dämonin auch schon wieder neben uns auf. In der Hand hielt sie einen Stab mit dem grünen, wolkenweichen Zuckerzeug. Was die Himmelsbewohnerin an dem klebrigen Süßkram fand, war uns allen ein Rätsel. Einzig ihr Gefährte Andreas grinste jedes Mal wissend und zugleich herrlich spöttisch, wenn man sie darauf ansprach, während er in Hörweite war.

Um die Lagerfeuer hatte sich bereits die übliche, bunte Mischung an Personen versammelt. Einige wohlbeleibte kleinwüchsige Männer und Frauen hielten übergroße Keramikhumpen in den Händen und hatten bereits begonnen, ziemlich schräg zu singen.

Mehrere ganz in Schwarz gekleidete Herren mit exakt gestutzten Bärten und Gelfrisuren bewegten sich mit eleganten Bewegungen zwischen den Anwesenden umher. Insgesamt hatten sich bereits um die einhundert Leute eingefunden. Die Schwarzen waren ganz offensichtlich gerade damit beschäftigt, die Gäste ein wenig umzusortieren und einige Fremde unauffällig des Platzes zu verweisen. Seit es unter den Menschen modern geworden war, die alten vorchristlichen Feste zu begehen, musste bei unseren traditionellen Zusammenkünften ziemlich darauf geachtet werden, den Schein zu wahren. Und da war es gerade bei Veranstaltungen dieser Art nun wahrhaftig nicht einfach zu verbergen, dass die meisten Anwesenden über nicht ganz alltägliche Eigenschaften verfügten. Unter Menschen hatten wir uns ja schon immer bewegt, aber erst, seit die Wälder einfach zugänglich geworden und die Menschheit so eng vernetzt war, sind die Schwierigkeiten so verflixt angewachsen.

Gut, es war leicht, sich auf einem der zahlreichen Mittelalterfeste zu vergnügen, aber man musste eben immer auf der Hut sein. Und daher hatten die Schwarzen ziemlich zu tun, wenn sich neugierige Touristen doch glatt neben die Zwerge oder eine angetrunkene

Hexe setzen wollten. Zum Glück verirrten sich zu dieser nachtschlafenden Zeit kaum Fremde hier herauf, welche unauffällig wieder zur Abreise gedrängt werden mussten.

„Tante Syri, schau mal!" Ich schaute in die Richtung, aus welcher der Ruf ertönt war. Jakob schwebte einige Zentimeter über dem Boden auf einer schmalen Miniwolke dahin. Es blieb nur zu hoffen, dass diese für nichtmagische Augen als Skatebord oder Ski getarnt war. Dicht hinter Jakob lief Andreas her und half ihm, das Gleichgewicht zu halten.

Plötzlich verfärbte sich das Wölkchen glutrot und gewann gefährlich an Fahrt.

„Damian!" Einer der schwarz gekleideten Männer löste seinen Blick von Jakobs Wölkchen und zuckte entschuldigend mit den Schultern, während die Wolke abbremste und die höllische Farbe verlor.

„Limats Geschenke sind immer so langweilig, Syri. Gönn dem Buben doch einmal ein wenig Spaß." Ich verdrehte die Augen und hielt gleichzeitig Ausschau nach einem Plätzchen an einem der Feuer. Ich entdeckte Magdalena, die uralte Kräuterfrau und Halbelfe, welche mir aufgeregt zuwinkte. Die Frauen neben ihr waren bereits zur Seite gerutscht, um Platz für mich zu schaffen. Mein Gemahl hatte sich in der Zwischenzeit schon längst zu den anwesenden Mitgliedern seines Rudels gesellt und an dem riesigen Feuer am Rand der Festwiese, wo sich die Mondwolffamilie versammelte, schien eines der berüchtigten Rudeljaulen seinen misstönenden Anfang zu nehmen. Die Wolfsleute schienen dabei ziemlich aufgeregt zu sein. Irgendetwas war offenbar einmal mehr

im Busch oder es hatte sich einer der Wölfe daneben benommen. Hoffentlich ging es dieses Mal nicht um meinen Gatten, der ja auch nach Jahrhunderten nach wie vor verspielt wie ein Welpe sein konnte.

Magdalenas spitzer Ellenbogen stieß mir schmerzhaft in die Seite und ich zuckte zusammen.

„Hörst du mir jetzt endlich zu?" Sie hatte bereits mit mir gesprochen? Ich schüttelte den Kopf und wandte mich ihr zu.

„Wie es aussieht, haben wir ein größeres Problem, als angenommen." Wie? Hatte ich etwas verpasst? An meiner rechten Seite gluckste Fagina, eine Buchendryade auf.

„Syri hat wieder einmal keine Ahnung. Hauptsache ihr Fliederhaus ist schön warm und der Wolf zu Hause." Magdalena warf ihr einen strengen Blick zu.

„Spar dir das Gefrotzel auf Fagina, die Lage ist zu ernst, um auch noch dämliche Späße zu treiben." Ach herrje.

Wenn sie sogar den Dryaden verbot, mich aufzuziehen, dann musste etwas Fürchterliches vorgehen. War doch auch sie sich sonst niemals für einen Scherz auf meine Kosten zu schade.

„Du hast also noch nichts davon gehört. Also gut. Syri, wir müssen etwas tun, dieses Problem kann uns alle die Gesundheit kosten." Ich zog die Augenbrauen zusammen.

„Von welcher Gefahr sprechen wir hier? Plateauschuhen?" Hasel, die Nussbaumfrau begann haltlos zu kichern.

„Vor allem, wenn du die Dinger trägst. Dann ist deine gesamte Umwelt in Gefahr." Toll. Sie würden es niemals vergessen, dass ich den halben Schuhladen verwüstet hatte, als ich zum ersten und einzigen Mal in solche Mörderschuhe geschlüpft war.

„Könnt ihr nicht einmal bei der Sache bleiben?" Magdalena fuhr sich aufgebracht durch die Haare.

Hasel und Fagina verzogen wie auf Befehl die Gesichter und man hätte ihnen die Ernsthaftigkeit ihrer Mienen beinahe abkaufen können. Aber eben nur beinahe. Die Kräuterfrau verdrehte nun ihrerseits die Augen. Nach vielen gemeinsamen Jahrhunderten kannte sie uns eben ganz genau.

„Also. Syri, wie geht es deinen Feen?" Meinen Feen? Ich hatte keine Ahnung, wenn ich ehrlich war. Die kleinen Spitzohren waren scheue Wesen, welche den Winter zurückgezogen in kleinen Räumen innerhalb unserer Bäume, oder eigens dafür hergerichteten Zimmern unserer Häuser, verbrachten.

„Was soll mit ihnen sein?" Magdalena schaute mich ernsthaft an.

„Wann hast du zuletzt nach ihnen gesehen?" Ich grübelte kurz nach, auch wenn ich die Antwort eigentlich sofort gewusst hatte.

„Also, wenn ich ehrlich bin, diese Saison noch nicht. Sie wissen genau, dass sie zum Weihnachtsfest geladen sind und tauchen meistens erst dann auf." Die Dryaden am Feuer nickten zustimmend, hielten wir es doch eigentlich alle ähnlich mit unseren Untermietern.

„Das verstehe ich, aber es gibt dieses Jahr ein großes Problem. Ich habe das Haus voll mit verletzten Feen. Die meisten wissen nicht, was ihnen geschehen ist. Gemeinsam sind ihnen Verletzungen am Kopf und den Flügelstummeln, bei einigen von ihnen sogar eingedrückte Nasen. Egal, welcher Blumenart sie sind,

es scheint Schwierigkeiten mit den Zugängen zu ihren Winterquartieren zu geben. Bitte kontrolliert eure Feenzimmer, wenn ihr nach Hause kommt. Ihr wisst was geschieht, wenn sie sterben."

Dann würde die zu ihnen gehörige Blumenart in der weiteren Umgebung aussterben und das gesamte System gefährden. Ich holte tief Luft. Bis eben war ich der Überzeugung gewesen, dass bei uns zu Hause alles gut war. Bis eben auf das unbekannte Monster unter Jakobs Bett. Aber das war ja wohl noch einmal eine ganz andere Nummer und hatte nichts mit den verletzten Feen zu tun.

4.

„Alle Aufstellung nehmen!" Limats glockenhelle Stimme schallte weit über den Platz. Wir erhoben uns, um uns zu der improvisierten Kegelbahn am Rande der Wiese zu begeben, wo die schwarzen Herren, wie die Flammendämonen heute genannt wurden, jeden Augenblick ihr traditionelles Turnier beginnen würden. Seit der immer häufigeren Anwesenheit von Menschen bei unseren Zusammenkünften nutzten sie dafür klassische Kugeln. Obwohl der Kegelabend dadurch einiges an seinem Flair und Spaß eingebüßt hatte, folgte die magische Gemeinschaft dem Ruf der Dämonen zum Thomasturnier nach wie vor. In früheren Zeiten hatten diese ihre eigenen Köpfe nach den Kegeln geworfen und damit einiges an Durcheinander angerichtet. Es stand zu bezweifeln, dass die Dämonen ihr Spiel wirklich aufgegeben hatten, aber sie betrieben es zumindest nicht mehr öffentlich.

Mich überfuhr ein eiskalter Schauer, als Aeola, eine der weißen Frauen aus der näheren Umgebung, sich zu mir gesellte, um den sportlichen Herren zuzuschauen.

Sie griff meinen Oberarm und drückte fest zu.

„Kümmert euch gefälligst mal um eure Blumengeister." Sie spuckte die Worte förmlich aus. Seit Margarethe, Magdalenas so mächtige Nachfolgerin und Großmutter Jakobs, ihr Reich einmal mit Veilchenduft verpestet hatte, war die Bleiche nicht gut auf unsereins zu sprechen.

Dass sie allerdings vorher unsere Wurzeln hatte erfrieren lassen, vergaß sie dabei zu gern.

Irgendwas war hier im Busche. Oder eher im Blumenstängel. Vielleicht.

„Was meinst du?" Denn irgendwie hatten sie es heute alle mit den Feen. Erst Magdalena und jetzt auch noch Aeola? Aber die war geladen und ließ nicht lange auf eine gezischte Erklärung warten. Die Bleiche rümpfte das blasse Näschen und schüttelte sich angeekelt.

„Diese ekligen Dinger hängen in meinen Hallen herum und wissen nicht einmal mehr, wer sie sind. Wenn sie nicht nach ihren dämlichen Blumen stinken würden, könnte man fast glauben, sie seien eine neue Art."

Aeola stöhnte auf und zog sich zurück, als Damian zu mir trat. Der schwarze Mann legte mir eine warme Hand auf die Schulter.

„Was muss ich da hören? Ihr habt Spaß und ruft mich nicht?" Stirnrunzelnd schaute ich zu ihm auf. Damian schnaufte kopfschüttelnd.

„Ihr habt Monster im Haus und ruft keinen Dämon zur Hilfe? Wohin sind wir denn hier inzwischen geraten?" Ach, daher wehte der dämonische Höllenwind.

„Ernsthaft? Was hättest du denn unternommen, um es dingfest zu machen?" Damian zwinkerte mir zu und verzog das Gesicht zu einem schiefen Grinsen.

„Wenn ich jetzt sage, dass ich ihn ausgeräuchert hätte, schlägst du mich dann?" Ich schüttelte belustigt den Kopf. Dämonen und ihre Räucherei. Hauptsache, es stank.

„Ich würde dir einzig eine Wurzel stellen, damit du so richtig schön auf das verrußte Näschen fällst." Den Flammenmann zur Jagd in mein Haus zu lassen, wäre ja wohl das Allerletzte. Immerhin war mein Fliederbaum ein existenzieller Bestandteil unseres Zuhauses. Und wer holt sich schon freiwillig einen Feuerträger in die eigenen vier Wände, wenn diese aus Holz bestehen. Ein lauter Ruf forderte den Flammenmann auf, endlich seinen Allerwertesten zu bewegen und Damian schob sich an mir vorbei, um seine Kugel zu schieben. Kurz, nachdem er einen Strike geworfen hatte, stand er wieder neben mir.

„Verrätst du mir wenigstens, welcher Art das Monster war? Eine neue Art Gestaltwandler? Hatte es schön spitze Zähne? Ein Drachen vielleicht?" Ich zuckte mit den Schultern.

„Ich habe keine Ahnung. Es schien klein, aber verflucht aggressiv zu sein. Immerhin hat es Hannes und sogar Cernun das Fürchten gelehrt und zu allem Überfluss noch ein Fenster zerbrochen, als es abgehauen ist." Damian strich sich nachdenklich durch den akkurat gestutzten Bart.

„Es ist durchs Fenster gesprungen?" Ich nickte.

„Vielleicht auch geflogen, aber da musst du die Männer fragen. Ich habe es nicht zu Gesicht bekommen. Ich glaube, am besten unterhältst du dich einmal mit Jakob. Er hat es immerhin gesehen." Damian schüttelte sich, als hätte ich ihm angeboten, einige Flöhe in sein Bärtchen zu setzen.

„Muss das sein?" Ich musste mir ein Schmunzeln verkneifen. Die Abneigung Damians gegen Kinder aller Art war wohlbekannt. Aber vermutlich war es gar nicht verkehrt, wenn er sich einmal mit Jakob unterhielt.

Als Dämon kannte er einfach mehr höllische Wesen als jeder von uns. Immerhin wollten wir es alle wissen, wer oder was ihn da so sehr erschreckt hatte. Und Hannes verspürte außerdem vermutlich den Drang, seinen Pisaker zu bestrafen.

Das Fest war auf seinem Höhepunkt angelangt, als wieder einmal Damian, wie jährlich seit über fünfhundert Jahren, zum Turniersieger erklärt wurde, sich eine Gruppe Zwerge um das letzte halbe Wildschwein am Spieß prügelte und eine der Hexen die Flammen der Feuer aus Versehen pink färbte. Na gut, manchmal hatten sich auch Hühner oder der Schnee verfärbt. Aber irgendetwas wechselte einfach immer die Farbe.

Dann verstummten schlagartig alle Geräusche, die Zwerge reichten sich die Hände und teilten den Braten, die Hexe ließ die Hände sinken und das Rudelheulen verstummte.

Im nun purpurnen Licht der magischen Lagerfeuer rief Sybilla, die Hüterin dieses magischen Platzes und derzeitige Gastwirtin, den alljährlichen Raunachtsfrieden der magischen Gefährten aus. Ihre kräftige Stimme hallte weit über die nächtliche Landschaft und drang auch noch bis in die entfernteste Hütte. Im selben Augenblick wurde das pink des Feuerscheins durch goldenes Licht ersetzt. Ungezählte golden leuchtende Kugeln erstrahlten an einer riesigen Tanne und allen Bäumen rundum. Gallus, ihr Gefährte, hatte sich einmal mehr selber übertroffen. Der ursprünglich

venezianische Glasmacher erschuf alljährlich die goldenen Kunstwerke und putzte damit den Festplatz heraus. Jeder der Gäste nahm dann eine der hauchzarten Goldkugeln mit nach Hause.

Das schimmernde Licht im Inneren erlosch erst in der Nacht der „Wilden Jagd", welche das Ende der Feiertage einläutete. Solange die warmen Lichter die Dunkelheit erhellten, herrschte Frieden. Sogar die weißen Frauen und die abtrünnigen schwarzen Hexen hielten sich an diese Regel. Für alle magischen Wesen standen nun die Feiern des wiederkehrenden Lichtes und der Weihnachtstage im Vordergrund.

5.

akob schlummerte schon eine Weile im Arm seiner wölfischen Lieblingstante Elisabeth, der Schwester meines Mannes, als sich Sybilla neben mich sinken ließ. Sie hielt ein hölzernes Kistchen in den Händen.

„Syri, würdest du mir einen großen Gefallen tun?" Ich schaute auf. Die Hüterin, welche halb Hexe und halb Elfe und ein wenig wer weiß was war, bat unsereins sehr selten um irgendwelche Dinge. Wenn sie es tat, dann gab es normalerweise auch einen guten Grund dafür. Sybilla reichte mir die Kiste.

„Hier habe ich einige Feen, welche ich vom Waldboden aufgesammelt habe. Die armen Kerlchen lagen bewusstlos im Wald und können sich an nichts erinnern. Sie wissen nicht einmal mehr, was sie sind. Kannst du sie mit zu deinen Feen nehmen und schauen, ob diese ihnen helfen können? Soweit ich es beurteilen kann, sind es Veilchen und Gänseblümchen." Diese beiden Blütenfeen gehörten zu denselben Arten, welche auch bei uns hausten. Zusätzlich zu Veilchen und Gänseblümchen überwinterten bei uns noch Löwenzahn und Rosa Centifolia, die Duftrose. Ich hob vorsichtig den Deckel des Holzkistchens an. Im Inneren lagen drei kleine, zerzauste Wesen auf einem Bett aus weichem Laub und schliefen tief und fest.

„Ich habe ihnen ein wenig Schlaf verpasst." Sie hatte die kleinen Gesellen also magisch schlafen gelegt. Sybilla schaute über meine Schulter ebenfalls hinunter auf die schlafenden Feen.

„Siehst du ihre Flügelansätze?" Ich nickte.

„Als ich sie fand, schleiften die Flügelchen zerknittert am Boden. Bei allen drei Feen waren diese gleich hinter der Basis abgeknickt, als wären sie irgendwo dagegen geprallt und rückwärts abgestürzt." „Sie haben ihre Flügel nicht auf natürliche Weise verloren?" Entsetzen stieg in mir auf. Die Lage schien schlimmer zu sein, als ich gedacht hatte. Feen verloren ihre Flügel nicht auf natürliche Weise, flatterten in Aeolas eisiges Reich und hatten zu dieser Jahreszeit hier draußen sowieso nichts verloren. Ich schob den Deckel wieder auf das Kästchen, während Sybilla mit gerunzelter Stirn nickte, als hätte sie meine Gedanken gelesen.

„Sie hätten keinesfalls überlebt, wenn ich sie nicht eingesammelt hätte." Normalerweise hüteten wir uns, Feen an uns zu nehmen, die Kleinen waren wehrhafter und robuster, als man es dachte. Aber wenn eine Fee es nicht schaffte, vor dem ersten Frost ihre Flügel abzuwerfen, war sie des sicheren Todes, da ihre Natur dann dafür sorgte, dass sie ihre Winterquartiere sofort und immer wieder verließen. Egal, was die Fee wollte, der Zwang zu fliegen wurde schon nach wenigen Tagen in geschlossenen Räumen übermächtig und brachte sie dazu, sogar immer wieder wie die dümmste Fliege vor Fensterscheiben zu klatschen.

Weitere goldene Kugel glimmten auf und die allerreinste und klarste Stimme dieser Welt begann zu singen. Sybilla lehnte sich zurück und erst in diesem Augenblick bemerkte ich, dass sich nicht nur Gallus hinter seiner Gefährtin, sondern auch Hannes hinter mir niedergelassen hatte.

Seine festen, so wohlbekannten Arme schlangen sich von hinten um meinen Oberkörper und ich ließ den Kopf an seine Schulter sinken. Das uralte Lied der Hoffnung auf das wiederkehrende Licht nach der längsten Nacht erschall hell wie der Klang von Glocken über das Land.

Limat, die Himmelsdämonin, war es, die jene Zeilen erklingen ließ, welche das neue Licht begrüßten. Die Herrin der Lüfte beschwor mit den traditionellen Zeilen die Wärme und das Licht der Sonne, sie besang das Leben, die Geburt und den Tod, das Wiedererwachen der Natur nach einer langen Nacht der Kälte. Und vor allem besang sie die uralte Macht der Liebe. Die Sehnsucht nach der Nähe des Partners sickerte aus allen Poren der Anwesenden und sorgte damit dafür, dass sich Arme um Körper schlangen und Paare dicht aneinanderdrückten. Der Zauber von Limats Lied breitete sich in kreisförmigen Wellen von der Festwiese her aus und legte sich über das Land.

Diese Magie hatte ihr unter den Menschen den zweifelhaften Ruf als Weihnachtsengel eingebracht. Ehrfürchtig lauschten wir allesamt, bis auch die letzte Silbe verklungen war. Die Flammen der Feuer wandelten sich zurück in das ihnen angestammte orangegoldene Leuchten und ein allgemeines Rascheln kündigte an, dass die Gesellschaft im Begriff war, aufzubrechen und den Zauber der Thomasnacht in die Welt zu tragen.

Jakob erschien und drückte sich in meine Arme.

„Syri, ich habe euch lieb, aber darf ich Papa und Mama anrufen?" Hannes reichte ihm sein Tablet, aus dessen Display bereits die Gesichter Connies und Luises schauten.

Die beiden hatten Limats Lied über Skype mit angehört und hielten sich eng umschlungen aneinander fest.

„Hallo Liebling." Jakob winkte seinen Eltern und drückte dem Bildschirm einen nassen Kuss auf.

„Wir wünschen dir auch eine schöne restliche Thomasnacht, Schatz." Jakob nickte schniefend und drückte sich fester in meinen Schoß.

„Nur noch ein paar Tage, Liebling, wir kommen sofort nach der Show nach Hause." Was bedeutete, sie würden in der Heiligen Nacht zurückkommen. Jakob nickte und schob sich müde einen Daumen in den Mund. Für ihn war das Gespräch offensichtlich beendet. Connie schmunzelte und küsste seiner Frau die Wange, die ihrem Jungen ein letztes Luftküsschen zuschickte.

„Wir können es kaum erwarten, dich wieder in den Armen zu halten." Die Verbindung brach ab. Wenn so viel Magie in der Luft lag, war es sowieso immer ein Wunder, eine Internetverbindung aufrecht zu erhalten. Hannes erhob sich und nahm mir Jakob vom Schoß. Noch bevor ich neben ihnen war, schlief der Junge bereits tief und fest.

Cernun erschien neben uns und kroch sich verwandelnd in den Rucksack zurück. Die Otter schien gebrochen. Er hatte während seines langen Lebens bereits zwei Gefährtinnen verloren und sogar seine über alles geliebte Tochter weilte dieses Jahr nicht in seiner Nähe. Der ehemalige Gottgleiche war einsam, worüber ihn auch die Otterngesellschaft der Umgebung nicht hinweghelfen konnte. Aus dem Rucksack erklang ein dankbares Zischen und ich musste mir ein Grinsen verkneifen.

„Nichts zu danken, oh Gott der Schlangen." Cernun war so einfach zufrieden zu stellen. Erst wenige Augenblicke zuvor hatte ich heimlich einen Beutel mit seinen allerliebsten getrockneten Mäusen in den angewärmten Rucksack geschmuggelt.

Nur in wenigen Fenstern leuchteten noch die weihnachtlichen Lichter, als wir zurück in Richtung Schmalkaldens fuhren. Gerade kamen wir an einem besonders überschwänglich erleuchteten Vorgarten vorbei, als irgendetwas meinen Blick einfing. Ausgerechnet diesen Augenblick nutzte natürlich Jakob, um aufzuwachen und sich tränenüberströmt an mich zu kuscheln. Ich befreite ihn aus seinem Sitz und hielt ihn fest in meinen Armen. Hannes, der sofort den Fuß vom Gas nahm, warf mir einen vorwurfsvollen Blick durch den Spiegel zu, den ich allerdings ignorierte. Notfalls würde ich eben laufen, aber Jakob brauchte mich jetzt.

„Ich nehme ihn und bringe ihn nach Hause." Hannes fuhr an den Straßenrand und stieg aus. Wie immer in diesen Fällen konnte ich nicht umhin, meinen Herzenswolf beim Entkleiden zu bewundern. Sein Zauber auf mich hatte auch nach Jahrhunderten nicht die Bohne nachgelassen. Kaum war seine Jeans zu Boden geglitten stand auch schon mein geliebter brauner Wolf vor mir. Ich griff mir das Geschirr aus dem Kofferraum, welches wir nutzten, um Gepäck oder eben auch Kinder auf seinem Rücken zu transportieren. Schnell schob ich den quengelnden Jakob in den weichen Sack, der ähnlich wie ein Fußsack beim Kinderwagen genäht worden war.

Jakob kuschelte sich auch gleich eng an Hannes' Pelz und vergrub seine Händchen darin. Ich hätte es wissen müssen. Nachdem mein Mann einmal zu einem Unfall dazu gekommen war, bei welchem ein nicht angeschnalltes Kind zu Tode gekommen war, reagierte er in wenig empfindlich darauf, wenn ich mich über die Regeln hinwegsetzte.

Der Junge hatte sich bereits quer über unser gesamtes Bett ausgebreitet, als ich unseren Wagen in der Scheune parkte. Cernun verabschiedete schnellstens in seine Gemächer, während Hannes mich ungeduldig zappelnd in der Küche erwartete. Er drückte mir kurzerhand ein Glas mit funkelndem Wein in die Hand und wies auf die Kiste mit den schlafenden Feen.

„Bring sie schnell noch zu ihren Gefährten und komm dann zu mir. Ich brauche deine Umarmung heute Nacht."

6.

or dem Küchenfenster fielen dicke, klatschnasse Schneeflocken vom Himmel. Die Dämmerung wollte irgendwie überhaupt nicht dem Tageslicht weichen, als ich meine erste Tasse Kaffee an diesem Morgen leerte. Im Haus herrschte noch herrliche Ruhe.

Als ich gestern Nacht an die Tür der Feenwohnung geklopft hatte, war die Aufregung groß gewesen. Die Feen hatten den Zustand ihrer Artgenossen mit Sorge erkannt und diese aufgeregt der ein oder anderen feenmagischen Behandlung unterzogen, bevor sie die tief schlafenden Feen ratlos einfach in vorgewärmte Betten gesteckt hatten. Auch sie konnten sich keinen Reim auf meinen Bericht machen.

Vor dem Fenster tauchte eine vermummte Gestalt auf und erschreckte mich damit fast zu Tode. Es dauerte einen Augenblick oder auch zwei, bis ich die Frau unter der Unmenge an Schals und Tüchern erkannte.

„Brigid!" Ich riss die Hintertür auf und zog sie in die warme Küche. Der Stoffberg zitterte vor Kälte und es dauerte eine ganze Weile, bis ich die schlanke, hellblonde Schönheit, die sich darin verbarg, freigelegt hatte. Endlich konnte ich eine meiner engsten Freundinnen umarmen.

„Wo kommst du denn her? Solltest du nicht in Brasilien sein?" Brigid zuckte strahlend mit den Schultern und griff nach meinem Kaffeebecher.

Sie leerte diesen mit einem Zug und fuhr sich mit der gespaltenen Zungenspitze über die Lippen.

„Ich habe es nicht mehr ohne euch alle ausgehalten. Noch ein Weihnachten ohne meine Familie wollte ich nicht verbringen. Außerdem fehlt mir Vater über alles." Cernuns schöne Tochter arbeitete als Expertin für Reptilien bei einer Forschungsorganisation. Sie war im Besitz diverser Doktortitel und war weltweit die Spezialistin, wenn es um das Wesen der Schlangen ging. Was ja eigentlich ein Witz war, wenn man ihre wahre Art bedachte. Es war nun einmal von Vorteil, wenn die Spezialistin in der Lage war, sich in eines der Forschungsobjekte zu verwandeln.

„Dein Vater wird sich vor Freude kringeln, wenn er dich zu Gesicht bekommt." Als ich mich umwandte, um mir einen neuen Kaffee einzuschenken, geschah es. Klamotten flogen durch die Küche und gleich darauf ringelten sich zwei Schlangen übermütig über den Boden. Cernuns Zunge verknotete sich beinahe bei all den aufgeregten Zischern, mit denen er vor lauter Freude seine Tochter bedachte. Offenbar versuchte er einmal mehr, schneller zu erzählen, als er zischen konnte. Oder so.

Ich grinste in meinen Kaffee, als die beiden um die Ecke verschwanden. Kopfschüttelnd betrachtete ich das Chaos, welches Brigid hinterlassen hatte. Da lagen die unzähligen Schichten an Kleidung, aus denen sie sich herausgeschält hatte, gekrönt von einer zersprungenen Tasse und den Resten meines Kaffees.

Seufzend bückte ich mich, um die Stoffe direkt in die Wachmaschine zu befördern. In der Waschküche raschelte es, als ich das Licht andrückte.

Zwischen Lachen und Heulen gefangen, ließ ich Brigids Kleidung fallen und hockte mich vor die Kommode, in der wir die nicht ganz so öffentlich zugänglichen Heilmittelchen verwahrten. Vor der untersten Schublade standen drei sichtlich verzweifelte Feen. Und zwar übereinander. Das Trio versuchte offenbar vergeblich, den zweiten Schub zu erreichen. Zu unterst des Feenturmes stand unser wohlbeleibter Löwenzahn, auf dessen Schultern balancierte seine Lebensgefährtin, welche die Knöchel der zarten Rosa umklammert hielt. Diese versuchte ihrerseits, den Knauf der Schublade zu erreichen. Es war jedes Mal dasselbe. Die kleinen Spitzohren hatten es wieder einmal nicht gewagt, einen von uns um Hilfe zu bitten. Ich hielt Rosa meine Hand hin und die Duftrosenfee kletterte sichtlich erleichtert auf diese. Auch Familie Löwenzahn wechselte dankbar auf mich und ließ sich auf meinem Unterarm nieder. Ich zog den Schub auf.

„Was braucht ihr?" Rosa blickte mir in die Augen.

„Die drei sind wach, aber auch wieder nicht." Mein Blick musste Bände sprechen, denn sie fuhr mit einem Seufzen fort.

„Ihre Augen sind geöffnet, wir konnten ihnen auch etwas Wasser einflößen, aber es scheint, als hätte ihr Geist sie verlassen."

„Und da wollt ihr ihrem Bewusstsein ein wenig nachhelfen?" Alle drei zuckten schuldbewusst mit den zarten Schultern. Allerdings hatten sie ja recht. Je eher die kleinen Patienten wieder

ansprechbar wurden, umso eher würden vermutlich deren Probleme gelöst werden können. Ich wiederholte meine Frage.

„Was braucht ihr?"

„Sonnenkraut und Schneeglöckchenessenz." Also reines Frühlingsgefühl.

Ich nickte, denn das konnte klappen.

Vielleicht.

Aber vielleicht war ja wohl besser als niemals.

Die Feen waren gerade abgezogen und die Wäsche rotierte in der Maschine, als lautes Poltern und Klappern die baldige Ankunft von Jakob und Hannes ankündigte.

„Syri?" „Tante Syri!"

„Komm sofort her, wir haben Hunger!" Ich verdrehte die Augen. Echte Tyrannen waren sie. Jawohl.

Breit grinsend betrat ich die Küche, wo Hannes gerade die große Pfanne auf den Herd stellte, um Pfannkuchen zu backen. Ich trat an seine Seite, stahl mir einen schnellen Kuss von ihm und griff nach dem Speck. Während mein Kirschbäumchen Jakob auf Marmelade zum Eierkuchen stand, bevorzugte der Wolfsmann neben mir doch eher Wurst und Speck.

Hannes griff in die Schränke, holte Schüsseln und Zutaten heraus, während er mit dem Kleinen Abzählreime auf Mondwolfart übte. Es gab Dinge, die musste ich einfach nicht anhören, weshalb ich mich zurückzog und mir das Telefon im Treppenhaus schnappte. Der altmodische Apparat hing da schon ewig und musste erst kürzlich an die moderneren Anforderungen der Gegenwart angepasst werden. Gut, wenn man fähige Hexen

mit Informatikkenntnissen zu seinem Freundeskreis zählen konnte. Aus dem Telefonbuch, welches auf einem herrlichen, alten, aber dafür umso wackligeren Tischchen darunter lag, suchte ich mir die Nummer eines Tischlers, der auch Fenster einbaute.

Zumindest sollte dieser mir sagen können, wer uns so kurz vor den Weihnachtsfeiertagen noch ein Fenster reparieren würde. Natürlich wäre ich auch in der Lage gewesen, es auf Fliederdryadenart zuwachsen zu lassen, aber das Getuschel der Nachbarn wäre dieses niemals wert. Immerhin versuchten wir uns so normal menschlich zu geben, wie es uns möglich war.

„Ich glaube nicht, dass Sie noch jemanden finden, der Ihnen vor den Feiertagen helfen kann." Oh nein.

„Und ich kann Sie nicht überreden, sich das Fenster einmal anzusehen? Immerhin handelt es sich um ein Kinderzimmer und der Kleine muss schon bis Weihnachten ohne seine Eltern auskommen." Das war nicht einmal gelogen und irgendwie stand es Jakob auch zu, dass ich ein wenig an das Mitleid des Handwerkers appellierte. Ich hörte den Mann am anderen Ende der Leitung seufzen. „Also gut, ich komme zu Ihnen. Aber ich kann nichts versprechen. Wahrscheinlich kann ich Ihnen nur ein provisorisches Fenster einsetzen." Das lief ja besser als ich es erwartet hatte, denn es dürfte kein Problem sein, ein solches Provisorium magisch anzupassen. Nur einsetzen musste ein normaler Handwerker das Fenster, um keinen der näheren Nachbarn misstrauisch zu machen.

Die Türglocke schellte und gleichzeitig erschien Damian in der Diele. Natürlich benutzte er, wie so oft, nicht die Tür. Und wartete erst recht nicht darauf, dass einer von uns antwortete.

Herein oder ähnliche Aufforderungen galten für den Gauner nicht, wobei er sich völlig klar darüber war, dass ich ihn nur ungern ins Haus ließ.

Holzhäuser und Flammendämonen passten nun einmal nicht zusammen.

Aber dieses Mal galt es, sich zusammenzunehmen, denn wenn einer herausfinden konnte, welches Monster unter Jakobs Bett gelauert hatte, dann Damian.

„Wo war es?" Ich winkte ihm, mir zu folgen. Ich musste sowieso in Jakobs Zimmer gehen, um alles für die Ankunft des Schreiners vorzubereiten. Jakobs Kirschbäumchen musste ebenso beiseite geschafft werden wie diverse ungewöhnliche Spielsachen.

Und dann galt es ja auch noch, einige besonders hartnäckige Blutflecken vom gestrigen Kampf zu beseitigen. Wenn ich dem guten Mann erklären wollte, dass Jakob einen Ball gegen die Scheibe geworfen hatte, durfte es keinerlei Spuren der Auseinandersetzung mehr geben.

Damian betrat den Raum und begann zu schnüffeln. Er runzelte die Stirn und rieb sich die Nasenwurzel zwischen Daumen und Zeigefinger. Dann löste er sich mit einem leisen Puffen zu einer Qualmwolke auf und waberte unter Jakobs Bett. Dort wandelte sich der Qualm erst einmal zu einer dichteren Wolke, dann kringelten sich nur zarte Schleier unter dem Bettgestell hervor.

„Er sieht ziemlich verzweifelt aus." Hannes stand hinter mir und lehnte sich an den Türrahmen, während der nasse Schnee durch das zerstörte Fenster hereinwehte.

Ich trat auf ihn zu und lehnte mich in seine beschützende Umarmung. Damians Nähe verursachte bei mir jedes Mal Angstgefühle. Warum sollten es diese auch nicht tun, waren Dryaden doch von den Bäumen abhängig, in welchen sie lebten.

Und nur, weil wir heutzutage in der Lage waren, unseren Baum mit einem modernen Haus zu verschmelzen, wurde es nicht leichter. Mein Flieder stand zum Beispiel in unserem Schlafzimmer und war gleichzeitig das Schlafzimmer. Und die Stube. Und der größte Teil des Hauses. Für die Menschen um uns herum stand der zarte violett und weiß blühende Baum neben der Haustür in einem Korb. Und Jakob, als Kischbäumchen, hatte ebenso seinen Baum im Kübel dabei, den es nun in Sicherheit zu bringen galt. Wir hatten diesen gerade ins Nebenzimmer gebracht, als Damian wieder erschien.

„Und ihr seid euch sicher, dass es keine Fee war?"

„Eine Fee? Mit Reißzähnen?" Damian zog eine Augenbraue nach oben.

„Das Wesen hat Reißzähne? Dort unten stinkt es nach Blumen und nicht nach Fledermausdung." Ich verdrehte die Augen. Der gute Damian hatte wohl in letzter Zeit zu viele Vampirromane gelesen.

„Die Fledermäuse schlafen artig oben unter dem Dach und ich garantiere dir, dass keiner der kleinen Gauner es je wagen würde,

sich mit mir und Cernun anzulegen." Damian riss die Augen auf und starrte Hannes entsetzt an.

„Es hat auch den Schlangengott höchstpersönlich angegriffen?" Hannes hob kurz eine Schulter.

„Hat ihm ziemlich die Haut zerkratzt, das Biest."

„Oh verflixte Höllenfeuer." Damian wich von Jakobs Bett zurück. Sein Blick suchte den meinen.

„Und du bist dir sicher, dass es nichts mit dieser eigenartigen Krankheit der Feen zu tun hat? Außer Blumengestank kann ich nämlich dort unten nichts finden." Ich fuhr mir durch die Haare. Wie sollte eine Blütenfee bitteschön einen Mondwolf und den Schlangenherrn verletzen können, lagen die kranken oder verletzten Feen doch meistens bewusstlos herum.

Unten ging die Haustürschelle und beendete die Fragerunde vorerst.

„Ich werde einmal herumfragen, ob den anderen etwas Ähnliches untergekommen ist." Damit löste Damian sich in eine Qualmwolke auf und verschwand durch das zerbrochene Fenster genau in dem Augenblick, als Brigid den Schreiner hineinführte.

Dieser beäugte das Fenster skeptisch.

„Und das war ein Ball?" Hannes grinste schief.

„Wir konnten nicht widerstehen und haben ein kleines Fußballmatch im Zimmer abgehalten." Der Handwerker schüttelte missbilligend den Kopf und machte sich daran, den Flügel auszubauen.

„Ich nehm den jetzt mit und schau, was ich machen kann. Sie sollten das Fenster so lange am besten mit einer Folie verkleben,

bei dem Wetter weiß man ja nie." Gut, dass er nichts wusste. Nicht nur bei dem Wetter.

Obwohl er grummelig und schlecht gelaunt schien, zog er letztendlich einen Packen fester Malerfolie aus der Tasche und reichte diesen Hannes.

„Ich sehe zu, dass ich, noch bevor es dunkel wird, zurück bin. Erwarten Sie aber bitte keine Wunder."

Ach, wir doch nicht.

Das einzige Wunder wäre an diesem Tag gewesen, wenn sich das Monster doch eben schnell einmal bei uns vorgestellt hätte. Persönlich und mit vollem Namen. Vielleicht.

7.

Als ich nach unten in die Küche zurückkehrte, saß Jakob am Tisch und zeichnete konzentriert mit seinen heiß geliebten Buntstiften. Die kleine rosa Zunge hing ihm aus dem Mundwinkel und er hatte die Augen eng zusammengezogen, so dass sich eine steile Falte über seinem Näschen gebildet hatte. Brigid stand mit dem Rücken an die Arbeitsplatte des Schrankes gelehnt da und beobachtete den kleinen Künstler schmunzelnd. Sie zwinkerte mir zu und wandte sich ab, um mir eine Tasse von dem herrlichen Kakao einzugießen, dessen Duft gerade so unglaublich verführerisch durch den Raum waberte.

Mit einer beruhigend vollen Tasse schob ich mich neben Jakob auf die Küchenbank und warf einen Blick auf sein Kunstwerk. Ich zog eine Augenbraue bis zum Haaransatz nach oben. Auf dem Blatt Papier hatte Jakob einen viereckigen Kasten gezeichnet, aus dem ein grimmiger Geselle schaute. Jetzt setzte er den himmelblauen Buntstift an und zeichnete....Bettzeug. Er war dabei, das Monster unter seinem Nachtlager auf Papier zu bannen. Unter dem Bett schaute ein offensichtlich bissiges, mit nadelspitzen Zähnen bewehrtes Wesen hervor, welches eine Frisur trug, die einer Löwenmähne bis aufs letzte Haar glich. Das Monster auf der Zeichnung hatte lange, spindeldürre Arme und Beine und lange Klauen anstatt der Finger und Zehen.

„Erklärst du mir dein Bild?" Jakob nickte eifrig.

„Das ist das Bett in meinem Zimmer, Syri." Ich nickte und schob ihm meine Tasse rüber. Er schielte förmlich hinein, erkannte, dass ausreichend kleine Marshmallows an der Oberfläche des Getränkes schwammen und nahm einen großen Schluck.

„Das da ist das böse Monster." Er deutete auf das Löwenwesen.

„Da ist es dabei, mir einen Schreck einzujagen. Gleich darauf fängt es an zu lachen." Was die nach oben gezogenen Mundwinkel erklärte.

„Und dann schiebt es seine Hände auf meine Decke. Das war ganz schlimm, Tante Syri." Ich legte einen Arm um seinen schmalen Oberkörper und Jakob kuschelte sich eng an mich.

„Das Ding macht auch ganz komische Geräusche. Es fiept wie eines der winzigen Kätzchen draußen in der Scheune." Wir hatten Kätzchen? Zu dieser Jahreszeit? Ich blickte Brigid an, die sich sofort einen meiner Mäntel vom Haken neben der Hintertür griff und in Richtung der alten Scheune verschwandt.

„Du hast draußen Kätzchen gesehen?" Jakob nickte wiederrum eifrig, schüttelte aber gleichzeitig das Köpfchen.

„Ich habe Lilly gesehen, die ihr Nest bewacht hat. Sie hat ganz doll gefaucht, als ich näher gekommen bin." Lilly? Unsere Katze war doch so alt, dass sie gar nichtmehr in der Lage war, Kätzchen zu bekommen. Das war jetzt wirklich eigenartig.

„Und die Katzenkinder haben gefiept?" Jakob sah mich an, als wäre ich schwer von Begriff.

„Aber du hast sie nicht gesehen?"

Diesen Augenblick wählte Lilly, um wie von einem Pfeil verfolgt durch die Katzenklappe in die Küche zu schießen und sich hinter dem alten Kachelofen zu verstecken. Ihr auf dem Fuße folgte Brigid, die einen Korb am Arm trug. Ein nicht zu kleiner Schwall eiskalter, feuchter Luft drang mit ihr in die Küche. Brigid atmete lautstark aus und stellte ihren Korb vorsichtig auf die Arbeitsfläche, während Lilly sämtliche Haare aufstellte und wie ein Fellball mit Koffeinüberdosis aus der Küche hinaus raste.

Jakob sprang auf.

„Hast du die Kätzchen gefunden, Brigid?" Diese schüttelte mit fest zusammengepressten Lippen den Kopf. Der Korb begann zu vibrieren und dann explodierte das Stroh, welches sich offensichtlich in seinem Inneren befunden hatte, mit einem Schlag. Der Deckel sprang ab und tausende Halme segelten durch die bislang saubere Küche. Ich stöhnte laut auf. Das war eine wundervolle Sauerei.

Brigid war zurückgewichen, ließ den wackelnden Korb aber nicht aus den Augen. Darin begann es wirklich und wahrhaftig zu fiepen und zu jammern. Aber Kätzchen waren das nicht. Niemals.

Ich erhob mich langsam und zog auch Jakob auf seine Füße. Ihn hinter meinen Rücken schiebend, versuchte ich den Jungen aus der eventuellen Gefahrenzone zu bringen, während Brigid mit einem gekonnten Wurf den Deckel wieder auf den Korb beförderte und diesen blitzschnell verschloss.

„Hannes!" Wann immer frau mal einen mutigen Wolfsmann brauchte, war dieser verschwunden und tauchte unter Garantie so

schnell nicht wieder auf. Dafür erschien Hilfe von vollkommen unerwarteter Seite.

Die drei Feen, welche vorhin Heilmittel aus der Kommode in der Waschküche geholt hatten, standen mit winzigen Speeren bewaffnet in der Tür.

Wenn sich die Situation nicht so eigenartig und bedrohlich dargestellt hätte, wäre es absolut und totsicher zum Lachen gewesen, wie die winzigen Blütengeister mit entschlossenen Mienen bereit waren, uns alle zu verteidigen. Rosa trat einen klitzekleinen Schritt nach vorn.

„Jakob, verschwinde sofort von hier!" Ihr hauchzartes Stimmchen klang so bestimmt, dass der Junge, der mehr als zehn Mal so groß war wie die duftende Rosenfee, sofort den Rückzug antrat und sogar die Tür hinter sich zu zog.

„Syringa, heb den Deckel vom Korb." Rosa war ja wirklich schräg drauf. So viel Kampfeswillen und Dominanz hätte ich der kleinen Fee niemals zugetraut. Ich nickte ihr zu und griff nach dem geflochtenen Deckel. Sofort schoss ein weiterer Schwall Strohhalme in die Luft. Brigid drückte sich nun an Stelle der Katze hinter den Ofen, um aus der, wie auch immer gearteten, Schusslinie zu kommen. Ich sah zu ihr, immer in der Hoffnung, dass sie endlich erklärte, was sie denn da hier herein gebracht hatte. Aber ganz offensichtlich hatte es der taffen Schlangenfrau die Stimme verschlagen.

Also blieb mir nichts anderes übrig, als selber nachzusehen.

Ich schob den Deckel dieses Mal endgültig zur Seite und lugte vorsichtig über den Rand des alten Obstkorbes. Im Inneren

bleckten gleich vier von Jakobs Monster nadelspitze Zähnchen und drohten mir mit geballten, klauenbewehrten Fäustchen.

Ach herrje.

Die Wesen waren nicht größer als neugeborene Kätzchen, aber eindeutig keine Katzenkinder.

Etwas pikste mir in die Wade und als ich nach unten schaute, stand da die ernsthafte Rosa mit gerunzelter Stirn vor mir und stach mit ihrer kleinen Lanze in mein Bein.

„Nun rede endlich, Fliederfrau, oder muss ich es aus dir herauspressen?" Anstatt zu sprechen beugte ich mich langsam und vorsichtig nach unten und ließ die Fee auf meine Hand klettern. Die beiden Löwenzähne neben der Tür keuchten vor Entsetzen über Rosas Handlung laut auf. Einzelne Pusteblumenschirmchen lösten sich aus den Frisuren des Paares und segelten wie kleine Fallschirme durch die Küche.

„Rosa lass das! Er weiß, wer da drinnen ist!" Blanker Horror spiegelte sich in ihren Mienen, da sie offenbar klarer sahen, als ich, die ich die Monster bereits ratlos betrachtete. Und Rosa erstarrte.

Ihr Gesichtchen wurde weiß wie Zahnpasta und sogar die Blütenblätter ihres Kleidchens verloren die Farbe.

„Taraxis verschwindet, beide. Sofort." Familie Taraxacum sah sich mit vor lauter Panik geweiteten Pupillen in die Gesichter, dann drehten sie sich auf dem Fuß um und rannten los.

Weitere ihrer hauchzarten Schirmchen segelten hinter ihnen her, als die beiden um die Ecke stürmten.

„Syringa, schieb den Deckel langsam wieder auf den Korb. Pass auf, dass keine von ihnen entkommt." Rosas Stimme klang, als

hätte sie die bleiche Osanna, den ekligsten Geist der Gegend, gesehen. Oder zumindest an deren gespenstischen Röcken geschnuppert.

Die kleinen Löwenwesen sprangen im selben Augenblick nach oben, als ich kurzerhand den zurück Deckel auf den Korb warf und mit einer Hand zudrückte. Winzige Klauen fuhren durch das Geflecht und schnitten mir dabei schmerzhaft in die Hand. Rosas Blicke verhinderten allerdings, dass ich diese wegnahm, um den Schnitten und Stichen zu entgehen. Hatte eines der kleinen Biester bereits im Kinderzimmer solch großen Schaden anrichten können, was musste man da erst dreien von ihnen zutrauen können. Mir fuhr ein Schauer über den Rücken.

Ich hob den Kopf und rief laut nach unserem Gastkind.

„Jakob, geh mit Brigid in unser Schlafzimmer, dort steht dein Kirschbaum. Kriech hinein und verhalte dich still." Dann schaute ich mich nach der Schlangenfrau um.

„Brigid, hol deinen Vater und ruf Magdalena an, vielleicht weiß diese, womit wir es hier zu tun haben." Rosa drehte sich, noch während ich sprach, auf meiner anderen Hand zu mir um.

„Ich weiß, was die sind." Ihr Flüstern war so zaghaft und leise, dass ich sie beinahe überhört hätte. Brigid, welche schon in der Tür gestanden hatte, fuhr herum und ich hielt die Luft an. Rosa ließ ihren Speer fallen und rieb sich mit beiden Händchen über das Gesicht.

„Ihr müsst wissen, dass diese Wesen da drinnen nicht immer so aussahen. Sie waren einst hübsch und friedfertig und erfüllten ihre Aufgaben vorbildlich." Rosa schlang die Arme um ihren Leib.

„Es ist noch nicht so sehr lange her, dass sie erstmals auftauchten. Mit diesen stinkenden Maschinen und Höllenautos passierte es.

Erst tauchte nur hier und da eine auf, aber mit dem Siegeszug dieser angeblich so modernen Welt wurden es immer mehr. Sie nehmen uns den Raum und zwingen uns dazu, unsere Heimat zu verlassen." Ich runzelte die Stirn.

„Diese Wesen versuchen, euch Feen zu vertreiben?" Rosa sah mich an, als hätte ich den Verstand verloren. „Ich spreche doch nicht von denen da drin." Sie wies kopfschüttelnd auf den Korb.

„Die Menschen meine ich. Mit ihrem ganzen Beton und, vor allem, diesem Sauberkeitsfimmel. Wohin sollen wir uns denn noch zurückziehen?" Sie sprach von den Blütenfeen? Das sollten Feen sein? Diese Monster?

„Willst du mir hier etwa sagen, dass diese Wesen von eurer Art sind?"

Rosa nickte traurig.

„Nicht alle von uns sterben, wenn ihre Blumen verschwinden. So viel Glück hat nicht jede Fee, Syringa." Nicht?

„Wenn Böden einfach zugepflastert oder betoniert, asphaltiert oder sonst wie verschlossen werden und man nicht vorher die Wurzeln der Blumen entfernt, dann bleiben Wesen zurück, die so wie die Wurzelreste, in ewiger Dunkelheit dahinvegetieren. Ohne Hoffnung auf Rettung siechen sie dahin und nähren ihre Wut, bis diese aus ihnen herausbricht. Das Ergebnis dieser Ausbrüche kannst du da drin sehen." „Dann sind diese Löwenwesen Feen?" Rosa nickte und schüttelte gleichzeitig ihr Köpfchen.

„Wenn wir das so genau wüssten. Hin und wieder schafft es eines der Wesen, wieder zur Fee zu werden, nämlich immer genau dann, wenn der Asphalt aufreißt, tiefgehende Risse bekommt und aus den Wurzeln wieder Blumen sprießen können. Die Löwenzahns sind die besten Beispiele dafür, dass es gelingen kann. Aber so zarte Blumen wie Veilchen haben keine Chance, jemals wieder Flügel zu bekommen." Ich griff den Korb und ließ mich mit diesem in den Armen zu Boden sinken. Jetzt wurde mir einiges klar. Daher die dicken, aufgeplusterten Mähnen.

„LÖWENzahns." Rosa nickte erleichtert, als der Groschen auch bei mir endlich gefallen war. Aber noch einmal nachzufragen konnte ja nicht schaden.

„Diese Dinger sind unterirdisch gefangene Feen des Löwenzahns?" Die kleine Fee fuhr sich durchs Gesicht. Wenn sie nicht bald damit aufhören würde, hätte sie in Kürze wundgeriebene Wangen.

„Sind sie. Aber das erklärt leider nicht das ganze Problem. Zu dieser Jahreszeit, wo wir uns doch eigentlich in der Winterruhe befinden, dürften keine von ihnen einfach so auftauchen. Im Frühjahr, wenn das große Wachsen beginnt, schon. Aber jetzt? Und gleich so viele?" Rosa verstummte. Die Kurze verheimlichte irgendetwas. Ich versuchte es mit Anstarren. Und zusammengezogenen Augenbrauen. Ging sogar zum Alleräußersten über, indem ich Rosa mit einer Fingerspitze kitzelte, bis sich die Fee kichernd und japsend auf dem Boden herumwälzte, aber umsonst. Was auch immer es war, dass sie verheimlichte, sie behielt es für sich.

8.

„Lass das arme Röschen am Leben, Syri." Hannes hockte sich zu uns und schob dabei gedankenlos den Deckel des Korbes beiseite. Noch bevor ich auch nur reagieren konnte, war in meiner eben noch so gemütlichen, sauberen und weihnachtlich herausgeputzten Küche das schönste Gemetzel im Gange. Die kleinen Löwenfeen rasten in atemberaubender Geschwindigkeit um Hannes, der haltlos nach ihnen schnappte, herum.

Mein Mann drehte sich auf hündische Art immer wieder um sich selbst, dann sprangen mit einem Mal Knöpfe durch den Raum. Er verwandelte sich im Handumdrehen und begann mit weit geöffnetem Rachen zu heulen. Die Löwenmonster antworteten mit einem hohen Pfeifen und fuhren immer schneller um ihn herum. Der buschige Schwanz meines Ehewolfes wischte über die Arbeitsplatte und stieß dabei einen Stoß blecherner Schüsseln über die Kante. Das laute Scheppern ließ alle für einen Moment innehalten, was mir Zeit gab, eine der Schalen über zwei der Löwenmonster zu stülpen. Die letzten beiden blieben in einer ausweglosen Situation zurück. Innerlich hin und hergerissen, ob ich nun laut lachen oder vor Mitleid doch besser heulen sollte, raufte ich mir die Haare, während Hannes sich in seine menschliche Form zurückzog. Es war zum Hühnerrupfen.

Meine beiden Gefangenen Elfen schlugen offenbar mit den Fäustchen von unten gegen die Blechschüssel und veranstalteten damit einen Höllenlärm.

Leider waren sie sich nicht bewusst, dass sie noch das bessere Los gezogen hatten. Denn ihre beiden Freunde steckten fest. Unwiderruflich fest.

Hannes warf sich eine seiner Jacken, welche neben der Tür gehangen hatte, über und kauerte sich vor die beiden Mausefallen, welche ich am Vortag neben der Tür zur Speisekammer platziert hatte. Obwohl wir Wesen im Haus hatten, die eine gute Mäusemahlzeit niemals verstreichen lassen würden, war ich schlauer geworden. Ein einziges Mal hatte ich Cernun in die Vorratskammer gelassen, um diese von den kleinen Nagern zu befreien. Danach war der Raum reif für eine Grundsanierung. Die Otter hatte keine fünf Minuten gebraucht, um die Maus zu fangen und dabei alles zu verwüsten. Aber auch wirklich alles.

Eine der gefallenen Feen versuchte verzweifelt, den Fuß aus der Falle zu ziehen, während die andere kleine Löwenfee Hannes verzweifelt aus dem Gitterkäfig der Lebendfalle heraus zu verfluchen schien.

Es klopfte an der Hintertür und die bis an die Zähne vermummte Magdalena kam gemeinsam mit eisiger Luft und einem Schwarm Schneeflocken herein. Auf ein wenig Nässe kam es jetzt auch nicht mehr an. Die Kräuterfrau und Halbelfe sah sich mit erhobenen Augenbrauen um, bis ihr Blick an den zeternden Gesellen in den Mausefallen hängen blieb.

„Ach herrje, ihr habt auch welche." Jetzt war es an mir, große Augen zu machen. Magdalena hockte sich neben Hannes und griff sich die beiden Fallen, welche sie vorsichtig zum Tisch trug.

Die Monsterchen fuhren ungerührt mit ihrem Kampf fort, bis Magdalena ihren Mantel auszog und über die Fallen warf. Sie fuhr zu uns herum.

„Hannes, zieh dir endlich was Vernünftiges an, wir sind hier nicht unter uns. Und du, liebe Syringa, " sie stach mir einen spitzen Zeigefinger in die Brust, „wirst sofort Teewasser aufsetzen." Magdalena rieb sich die Hände und erst jetzt bemerkte ich, dass sie nicht allein war. Sybilla stand, an die Tür gelehnt, am Rand und betrachtete das Chaos um uns herum mit vor Sorge gerunzelter Stirn.

„Was ist denn bei euch explodiert? Die Teekanne oder ist ein Aufräumzauber schief gelaufen?" Ich hob eine Augenbraue. „Löwenzahn ist los." Sybilla stieß sich ab und trat an den Tisch, wo sie die beiden dort so unbequem gefangenen Feen genau betrachtete. Sie zog sogar eine Lesebrille aus der Tasche und ging so dicht an die Mausefallen heran, dass ihr eine der Feen die kleine Klaue in die Nase stach. „Das ist ja interessant. Gehe ich recht in der Annahme, dass es sich bei den Krawallbrüdern unter der Schüssel ebenfalls um Löwenzahnwurzelfeen handelt?" Ah ja. Löwenzahnwurzelfeen. Dass es Wurzelfeen gab, war mir neu, es erschien mir im Anbetracht unseres derzeitigen Problems aber nur logisch. Sybilla rieb sich die Nase und rollte mit den Augen. Beherzten Griffes löste sie dann die Klammer der ersten Mausefalle und schnappte sich die zappelnde Fee.

„So langsam werden die Burschen wirklich lästig. So traurig es ist, dass sie ihren Lebensraum verlieren, so nervig sind sie."

Sybilla schob die Fee in den Korb und legte schnell den Deckel auf, bevor sie sich dem Gefangenen der Lebendfalle zuwandte.

„War einer von ihnen zufällig das Monster unter Jakobs Bett?" Ich schob ihr wortlos die krakelige, aber überraschend exakte Kinderzeichnung hin. Sie nickte verstehend.

„Ja, die Kerlchen können gewaltig aus sich herausgehen."

Hannes knurrte und musste sich augenscheinlich mühen, die menschliche Form zu halten.

„Ich weiß, mein Lieber, das sind teuflische, kleine Biester. Verbitterte Wurzelfeen sind eben keine Kuscheltiere. Sie sind stinkwütend und rücksichtslos. Sie tun das, was mit ihnen getan wurde, ohne darauf Rücksicht zu nehmen, dass ihre Opfer zumeist gar nichts dazu können. Oder habe ihr etwa den Hof pflastern lassen?" Hannes schob die Hand unter die Schüssel und beförderte die restlichen zwei Feen zurück in den Korb.

„Als wenn wir uns die Pfoten am Beton verbrennen wollten."

Recht hatte er. Die Wölfe bevorzugten nun einmal offenen, bewachsenen Boden zum Laufen. Magdalena sicherte die Verschlüsse des Korbes.

„Es kann doch kein Zufall sein, dass so viele von denen so urplötzlich auftauchen. In letzter Zeit wird doch eher weniger Boden versiegelt als noch vor einigen Jahren? Warum also jetzt gerade?" Im Korb begannen die Wurzelfeen zu toben. Ihre Schreie erreichten sogar für meine stumpfen Ohren ein schmerzhaftes Niveau. Hannes zog sich daher zurück und verschwandt um die

Ecke. Dem Wolf musste es regelrechte Schmerzen bereiten, sich die Gauner anzuhören.

Aber das war jetzt unwichtig. Mir kam da ein Gedanke.

„Diese Wurzelfeen. Entstehen die ausschließlich, wenn ihnen der Boden verschlossen wird und sie sich die Köpfe daran anstoßen?"

In der Küche wurde es still. Sogar die Wurzelfeen hielten mit ihrem ohrenbetäubenden Gekreisch inne.

Sybilla starrte mich an.

„An den Köpfen gestoßen?" Sie fuhr herum. Zwischen ihr und Magdalena schien ein wortloser Austausch stattzufinden. Magdalena rieb sich die Stirn.

„Noch vor einer Minute hätte ich dir geantwortet, dass es nur dann geschieht. Aber was du da gerade gesagt hast, lässt mich zweifeln. Was wäre, wenn es ausreicht, dass sie sich wirklich nur die Köpfe anstoßen?"Sybilla fuhr auf und atmete hektisch ein.

„Syri, wo sind die verletzten Feen, die ich dir gestern mitgegeben habe?" „Dort, wo sie sein sollten, in der Obhut unserer Hausgäste." Wobei Rosa sich vorhin schon eigenartig verhalten hatte. Ganz so, als wolle die kleine, mutige Fee etwas vor uns verbergen. Ich erhob mich.

„Ich werde in der Elfenwohnung nachschauen. Ich bin mir fast sicher, dass dort drinnen etwas nicht stimmt. Wenn dein Verdacht der richtige ist, Sybilla, dann sollten wir schleunigst handeln."

Hoffentlich war der Gedanke der Hüterin falsch und meine Feen saßen gesund, munter und in Sicherheit, bei einem Becher Tee zusammen.

9.

ie Feenschaft des Hauses war in einem der kleineren Gästezimmer, welches nach ihren Bedürfnissen umgebaut worden war, einquartiert worden. Ich klopfte vorsichtig an die Tür und wartete ab. Ein helles „Bitte sehr" von ziemlich weit unten ließ mich schmunzeln und die große Tür aufziehen. Eine Art Diele, ein Raum in der echten Zimmerhöhe, bildete das Zentrum der Feenwohnung. Rund herum hatte man vier Stockwerke eingebaut, die durch verwinkelte Treppen mit zierlichen, gedrechselten Geländer versehen waren, miteinander verbunden waren. Man kam sich vor, wie in einer übergroßen Puppenstube.

Ich drehte mich einmal um mich selber, bis ich die Feen entdeckt hatte. Jedenfalls das Ehepaar Löwenzahn. Die beiden saßen auf einem bezaubernden, mit honiggelbem Stoff bezogenen Sofa und sahen offensichtlich fern. Eines unserer ausgedienten Smartphones war auf einer alten Dominobox aufgestellt worden und diente ihnen dabei als Fernseher. Frau Löwenzahn hatte die Füße auf einen Hocker aus ausgedienten Wäscheklammern gelegt, hielt Strickzeug in den Händchen und zählte hoch konzentriert die Maschen an ihrem Werkstück ab. Ihr Gatte hingegen schaute zu mir, zog sich die antike Tabakspfeife aus dem Mund und wies mit der Hand nach oben. Ich richtete mich auf und stellte mich auf die Zehenspitzen.

Ganz oben, direkt unter der Decke des Menschenzimmers, befanden sich mehrere Schlafkammern, welche eigentlich von den Feen kaum benutzt wurden. Von dort erklang gerade Rosas wütendes Stimmchen.

„Wenn ihr meint, dass es so richtig ist, dann macht doch was ihr wollt. Verschwindet einfach, aber kommt gefälligst nachher nicht wieder angekrochen und sucht Obdach. Entweder ihr tut, was ich euch sage oder ihr seid raus." Ach herrje, das klang ja gar nicht gut.

Ich streckte mich noch ein wenig mehr, als direkt vor meinen Augen eine Tür aufgerissen wurde und die gute Rosa mit blitzenden Augen heraus stürmte.

„Die machen mich wahnsinnig, Syri. Wenn ich nur wüsste, was mit denen los ist. Die sind unter Garantie nicht unter die Erde verbannt worden, obwohl sie sich genauso bescheuert benehmen." Ich legte den Kopf ein wenig schief und Rosa ließ den ihren resigniert sinken. Es war eindeutig an der Zeit, Klartext mit den Spitzohren zu reden.

„Was ist nun eigentlich wirklich los, Frau Rosa Centifolia? Und keine Ausreden mehr. Die Löwenmonster unten in meiner Küche sind nicht allein, oder?" Rosa atmet pfeifend aus und winkte mir, ihr zu folgen. Naja, sie wies mich damit an, mich auf den Boden zu setzen, wo ein dünnes Kissen für eben diesen Zweck bereitlag. Rosa schwang ihr Hinterteilchen auf das Treppengeländer und ließ sich, elegant wie eine Ballettfee, über alle Stockwerke, von Treppe zu Treppe, hinab rutschen. Unten angekommen stiefelte sie in die wunderhübsche, ganz in Blütenfarben gehaltene, Küche hinein und setzte den winzigen Teekessel auf den eigens umgebauten Puppenelektroherd.

Sie zog das beste Porzellangeschirr aus der Anrichte und deckte den dunklen Holztisch, der extra im Durchgang zur menschengroßen Diele stand. Das Geschirr mit dem Rosenmuster hatte Margarethe, meine Schwägerin, ihr vor Jahren aus China mitgebracht und Rosa holte es eigentlich nur an hohen Feiertagen, oder wenn sie riesigen Trost brauchte, hervor. Sie ließ sich seufzend auf einem der Puppenstühle nieder und breitete sorgfältig ihr Röckchen aus. Ich musste ein winziges Schmunzeln verbergen.

„Spar dir die Zeitschinderei, Kleines. Was ist los?" Rosa goss uns jedem eine Tasse heißes Wasser ein. Den Tee hatte sie augenscheinlich vergessen. In ihre Gedanken versunken schaufelte sie gleich drei Löffelchen Zucker in ihre Tasse und rührte langsam, wie in Zeitlupe, um. Dann holte sie tief Luft.

„Die Löwenzahnwurzelfeen sind nicht die einzigen ihrer Art hier im Haus." Genau das hatte ich befürchtet und wohl auch geahnt. Ich nickte Rosa zu, damit sie endlich Klartext sprach.

„Die Feen, welche du uns letzte Nacht übergeben hast, haben sich gewandelt. Was immer ihnen geschehen ist, sie können sich nicht daran erinnern. Über Nacht sind ihnen auch noch die Reste der gebrochenen Flügel abgefallen und sie haben die Wandlung zu wütenden Wurzelfeen vollzogen." Ich runzelte die Stirn und nahm einen Schluck vom heißen Wasser.

„Sie sind nicht wie ihr geworden?" Feen verloren über die kalte Jahreszeit nun einmal ihre Flügelchen, da diese extrem frostempfindlich waren und außerdem in ihren beengten

71

Wohnungen störten. Dass sie so viel Platz hatten wie bei uns, war eher die Ausnahme.

Normalerweise nahmen sie Wohnung in Hohlräumen, in denen sommers Vögel nisteten. Aber offenbar hatten die Neuen nicht einfach die Flügel abgeworfen, sondern benahmen sich, als hätte man sie unter die Erde gebannt.

„Und du bist dir sicher, dass sie nicht doch zubetoniert wurden?" Rosa nickte.

„Ich kenne zwei der Feen. Sie sind wilde Rosen. Die dritte ist ein Gänseblümchen wie unsere Gerda und die schwört, dass die Wiese ihrer Freundin noch genauso aussieht, wie sie es sollte."

„Wo ist Gerda?" Ich sah mich um.

„Sie passt auf das Gänseblümchen auf, ihm geht es ja ebenso wie meinen Rosen. Was auch immer ihnen geschehen ist, es bewirkt diese grausige Veränderung an ihnen."

„ Meinst du, man kann diese eventuell rückgängig machen wenn man ihnen zeigt, dass ihre Pflanzen dort sind, wo sie sein sollen?"

„Den Rosen vielleicht, aber wie willst du bitteschön bei diesem Wetter an ein Gänseblümchen kommen?"

„Das lass mal meine Sorge sein. Bitte Gerda doch einmal, mir zu zeigen, woher ihr Freund stammt und erkläre mir ganz genau, wo die Rosen wachsen. Vielleicht kann ich ihnen ja zumindest ein Bild ihrer Blumen als Beweis bringen." Rosa wiegte zweifelnd ihr Köpfchen von einer Seite auf die andere.

„Einen Versuch wäre es zumindest wert. Aber ich wage es kaum, zu hoffen. Sie stecken bereits zu tief in ihrem dunklen Leid."

10.

Hannes bevorzugte den Spaziergang in seiner Form als Wolf und sprang voller Übermut im Schnee vor mir auf dem Weg auf und ab wie ein Welpe. Zu klein Jakobs großer Freude schnappte Hannes immer wieder nach den Schneeflocken, die der Junge extra für ihn von den Zweigen der Sträucher und Bäume schüttelte. Ich lief und rollte halb hinter den beiden her. Die unzähligen Schichten Kleidung machten es mir schwer, im tiefen Schnee das Gleichgewicht zu halten. Eigentlich hatte ich ja zu hoffen gewagt, auf dem Rücken meines Gatten durch den Winterwald zu reiten, aber die Freude, die beiden Jungs im Schnee zu beobachten, wog die Trauer über die verpasste Gelegenheit fast völlig auf.

An einem halbverfallenen Weidezaun blieben sie stehen. Hannes nutzte die Pause, um sein Bein an einem der morschen Pfosten zu heben, während ich mich zu der verwilderten Kletterrose durchkämpfte, welche im Juni alljährlich in einem sonnigen Gelb zu blühen pflegte. Ich zog meine kleine Kamera aus der Tasche und knipste drauflos. Hannes war mir inzwischen gefolgt und begann in dem Augenblick im Schnee zu buddeln, als ich abdrückte. Mistkerl.

Er knurrte und seufzte, während er die Nase immer tiefer durch den Schnee bis in den lehmigen Untergrund bohrte. Dann schwoll das Knurren an und er zerrte an einem Zweig oder einer Wurzel. Oder an Beidem.

Das war die Idee.

Hannes war genial. Wenn etwas die Feen überzeugen konnte, dass ihre Pflanze am Leben war, dann war es ja wohl ein Ableger der Pflanze an sich.

Vorsichtig nahm ich Hannes den bewurzelten Trieb der Kletterrose ab und barg diesen unter meinem Mantel. Mein Wolf stupste mich mit seiner matschigen Nase an und ich schob Jakob auf dessen Rücken. Ich krallte mich mit einer Hand in seinem seidigen Pelz fest und so stiefelten wir über die, unter der Schneeschicht, halbgefrorene Wiese. Neben einem Schlehenstrauch befand sich der Ort, den Gerda mir auf dem Ausdruck einer Satellitenaufnahme mit einem Kreuz eingezeichnet hatte. Jakob hockte sich auf den Boden und begann, vorsichtig den Schnee beiseite zu schieben. Dieses Mal überließ Hannes das Buddeln uns und schnüffelte nur immer wieder den Boden ab, um die kleine Staude unter dem nassen Schnee zu finden. Jakob ließ es sich nicht nehmen, eine kleine Pflanze höchstpersönlich aus der Erde zu ziehen und diese in die kleine Tüte zu stecken, welche ich ihm reichte. Wir hatten das Gänseblümchen gerade verstaut, als mein Telefon heulte. Das Wolfsgeheul schwoll an und wandelte sich zu dem Zischen einer Otter.

„Ihr könnt gleich noch weitere Bilder machen, Syri." Es raschelte und dann übernahm Gerda das Mikrofon.

„Seid ihr auf der Wiese, wo das Gänseblümchen ist?"

„Sind wir. Wir stehen direkt neben dem Schlehenstrauch."

„Das trifft sich gut. Brigid hat dir noch ein Satellitenbild geschickt, darauf sind drei Kreuze. Das am weitesten links, direkt

bei der umgefallenen Buche, ist ziemlich genau über einem Frauenmantel. Davon brauchen wir dringend auch ein Bild. Und am Waldrand südlich davon wächst eine Waldrebe. Deren wintertote Triebe müsstest du sehen können. Und dann ist da noch eine Stechpalme. Aber die wurzelt in einem Garten in der Nähe hinter einem weiß getünchten Lattenzaun." Oh je. Was war bloß mit den Feen los.

Irgendwo im Hinterkopf bildete sich der Schatten eines Bildes ab, aber ich bekam diesen einfach nicht zu fassen. Was mich irritierte war, dass die Pflanzen der verletzten Feen alle in einem ziemlich engen Umkreis wuchsen. Irgendetwas war hier oberfaul.

Mit den Blumentrieben im Gepäck durchzogen wir noch ein Weilchen die nähere Umgebung. Es musste ja einen Grund geben, dass so viele verletzte Feen auftauchten. Ohne Hilfe waren die zarten Wesen bei diesem Wetter des sicheren Todes. Hannes schnüffelte sich durch den Schnee, die Nase gesenkt und Jakob schaute mit kindlicher Abenteuerlust unter jeden noch do dürren Zweig, immer auf der Suche nach etwas, von dem wir keine Ahnung hatten, was es sein könnte.

Zunehmend ratlos stolperte ich hinter den beiden, nach wie vor gut gelaunten, Abenteurern her. Dann erreichten wir den weißen Gartenzaun, durch welchen sich die stachelbewehrten Triebe der Stechpalme gewunden hatten. Dieses Mal hieß es, vorsichtiger zu sein, denn welcher Gartenbesitzer mochte es schon leiden, wenn ihm Fremde die Sträucher ausbuddelten. Hannes schnupperte einen Augenblick im Schnee herum und fand doch glücklicherweise glatt einen ausreichend kräftigen Trieb, der an einer schmalen Wurzel gewachsen war, die sich frech und mutig aus dem Grundstück gemogelt hatte.

Als er diesen endlich vorsichtig ausgerissen hatte, blieb mein Blick eher zufällig an etwas knallrot Leuchtendem hängen.

Ach du grünkarierte Blütenfee.

Die Dinger hatte ich doch glatt vergessen.

Diese neue Mode war hoffentlich nicht der Auslöser des ganzen Schlamassels. Noch während des Sommers hatten wir im Rat der Dryaden eigentlich überlegt, wie man gegen die neuerdings so beliebt gewordene Unart vorgehen sollte. Und da uns die Hände und Wurzeln gebunden waren, den Menschen einfach so ihr Eigentum fortzunehmen, war eine Entscheidung vertagt worden.

Und danach ehrlich gesagt, sie war im weiteren Jahreslauf dem Vergessen anheimgefallen.

„Hannes. Schau." Ich deutete auf das rote Ding. Mein Ehewolf sah fragend von dem Teil zu mir und wieder zurück, als es plötzlich ein leises Krachen ertönte und der Schnee an den Wurzeln des Apfelbaumes aufstob.

Der Baum, eine dieser schrecklichen Neuzüchtungen mit wurmfreien aber dafür geschmacksarmen Äpfeln, regte sich nicht. Da in diesen künstlich gezeugten Dingern nun einmal keine Dryaden wohnten, konnten sie sich auch nicht gegen diese Unart an ihren Stämmen wehren. Während ich noch sprachlos die Szenerie betrachtete, war Hannes bereits kurzerhand über den Zaun gesprungen und hatte den Urheber des Geräusches aus dem Schnee gepflückt.

Eine eiskalte Blütenfee, der gerade eine schreckliche Beule am Kopf zu wachsen begann, landete in meinen Armen, als Hannes diese schnellstens über den Zaun beförderte.

Dann konnte auch ich mit meinen stumpfen Ohren hören, was mein Mann schon vernommen hatte, als er plötzlich hektisch zurückzukommen versuchte.So ein Mist, der Gartenbesitzer hatte einen eigenen Hund. Und was für einen.

Kichernd barg ich die arme Fee in der Innentasche meines Mantels. Die große Retrieverhündin, die gerade vergeblich versuchte, über den Zaun zu klettern, war seit Jahren unsterblich in meinen Ehewolf verliebt und versuchte, ihn bei jeder noch so unpassenden Gelegenheit zu überzeugen, sie doch zu besteigen. Kichernd schnappte ich mir Jakob und machte mich auf den Heimweg. Hannes sollte mal schön allein seine Geliebte los bekommen. Besser, er galt als streunender Wolfshund, als dass ich es mit dem Besitzer von der blonden Lori zu tun bekommen hätte.

Kaum hatten wir einen etwas befestigteren Weg erreicht, angelte ich nach der Fee in meinem Mantel und zog diese vorsichtig hervor. Es war ein ziemlich verbeultes Stiefmütterchen, das sich da in meine Armbeuge kuschelte. Ein Flügelchen hing zerfetzt von ihrem Rücken und das andere war bereits abhanden gekommen. Warum sie zu dieser kalten Zeit überhaupt draußen war, war schon eine Frage für sich. Allerdings konnten die Wetterkapriolen der vergangenen Jahre selbst die abgebrühteste Fee durcheinanderbringen, so dass es nicht unüblich geworden war, auch zur Winterszeit hin und wieder auf beflügelte Feen zu treffen.

11.

„**D**ie Elfentürchen?" Magdalena schüttelte fassungslos mit dem Kopf.

„Auf die Dinger als Auslöser der Veränderungen wäre ich im Leben nicht gekommen."

„Sie verwechseln es mit diesen niedlichen Elfenhäuschen, die manchmal aus hohlen Baumstümpfen geschnitten werden und schlagen sich bei dem Versuch das Türchen zu öffnen erst die Köpfe und dann die Flügelchen ein."

„Herrgott noch mal, müssen diese kreativsüchtigen Weiber denn an allem herum pfuschen? Das ist ja, als würde unsereins den Menschen Türen vor massive Wände setzen." Ich nickte und schob mir den Mantel von den Schultern. Das Stiefmütterchen lag schlaff auf dem Küchentisch, während Rosa und Gerda ihm gemeinsam die nassen Sachen auszogen.

„Rosa, was meinst du, soll ich euch die Bilder ausdrucken?" Die so Angesprochene nickte, fuhr dabei allerdings fort, sich um das Stiefmütterchen zu kümmern.

„Kann aber zuerst jemand die Kleine hier zu uns bringen?" Magdalena hob wortlos die schlafende Gestalt hoch und folgte den beiden Feen.

„Syringa, bist du dir ganz sicher, dass diese kleinen Keramiktüren der Grund für die verletzten Feen sind?" Sybilla sah mich mit ernstem Ausdruck an. Ich nickte.

„Wir haben es selbst gesehen, wie die Kleine davorgeschwirrt und gleich darauf in den Schnee gestürzt ist."

„So was Blödes aber auch. Jetzt müssen wir so kurz vor Weihnachten auch noch dafür sorgen, dass die Dinger so schnell wie möglich zerstört werden." Die Hintertür schlug auf und Hannes stürmte herein. Nackt.

„Bedecke dich, Wolf, oder ich sorge dafür, dass man dir nie wieder etwas weggucken kann." Hannes riss die Augen auf, griff sich meinen Mantel vom Haken und gleich darauf die Teekanne.

„Ich habe deinen letzten Satz noch gehört, Hüterin. Gibt es keine bessere Lösung, als die Dinger zu zerstören? Wenn es genügend Unterschlupfmöglichkeiten für die Feen gäbe, bräuchten sie nicht da draußen herumzuirren. Ich glaube, Amalia ist auch noch in der Nähe." Ich sah von meiner Tasse auf und Sybilla stockte. Dann nickte sie anerkennend.

„Du bist ja doch zu etwas zu gerbrauchen, Wolf." Dann griff sie in eine Tasche ihres hoffnungslos altmodischen Kleides und zog ihr Handy hervor. Blitzschnell hatte sie eine ziemlich lange Nummer aus dem Kopf eingetippt und wippte mit dem Fuß, während sich der Ruf aufbaute.

„Julius, schön dass ich dich erreiche. Nein, die will ich nicht sprechen. Wo seit ihr?" Sybilla lauschte immer wieder den Antworten des Gemahls der Amalia, Hannes' berüchtigter Tante aus dem schöne Südtirol. Das Paar erschien alljährlich zur Feier der Thomasnacht und blieb manchmal auch noch über die

Weihnachtsfeiertage bis zur Raunacht der wilden Hulda, oder Frau Holle, in der Gegend. Sybilla nickte und verließ die Küche.

Die Haustür schlug und draußen startete ein Quad. Die Fahrerin gab Gas und hinterließ nichts als Gestank und wirbelnden Schnee. Wie schön war es doch zu früheren Zeiten gewesen, als die Hexen noch auf Ziegen oder in gläsernen Kutschen reisten. Und manche fremde Hexe hatte sich auch eines Reisigbesens bedient. Kopfschüttelnd füllte ich unsere Becher nach.

Cernuns Stimme hallte durch das Treppenhaus, als er die Hausbewohner zusammenrief.

„Eine magische Versammlung wurde beschlossen und alle haben sich am Ketzersrasen einzufinden!" Hannes schob den Tisch beiseite, als er aufsprang und aus dem Zimmer lief. Ich folgte ihm mit etwas gemächlicheren Schritten. Man würde ganz sicher auch fünf Minuten länger auf uns warten. Ich war mir sicher, dass sie nicht ohne uns anfangen würden, immerhin gehörte unser Haus zu einer der Zufluchtsstätten für fantastische Anwohner.

Wie schon wenige Tage zuvor, verpackte ich Jakob in seine wärmsten Sachen, heizte den Rucksack für die beiden Ottern vor und legte zusätzlich ein angewärmtes Körnerkissen in ein hübsches, hölzernes Vogelhäuschen. Das Wetter hatte ein wenig umgeschlagen. Der Schnee war am Vortag fast völlig geschmolzen, aber dafür herrschte nun ein ziemlicher Frost.

Nachdem ich sie nun einige Tage in Ruhe gelassen hatte, klopfte ich an der Zimmertür der Feenwohnung, um auch einige der Feen abzuholen. Auch ihre Anwesenheit war trotz der unfeeischen

Jahreszeit von Bedeutung für das Treffen oben am Ketzersrasen, wie die große Wiese bei der Tanzbuche auch hieß.

„Rosa, Gerda, Familie Löwenzahn, würde mindestens einer von euch bereit sein, uns zur Versammlung zu begleiten?" Den Ruf Cernuns hatten sie ganz sicher ebenso vernommen wie wir. Irgendwo in diesem Miniaturhaus klapperte eine Tür. Gerda kam, in einen dicken, für die winzige Fee viel zu voluminösen, Schal gewickelt, das Treppengeländer zu meiner rechten Seite hinab gerutscht und landete mit einem dumpfen Aufschlag direkt vor meinen Füßen. Sie griff sich ein Paar neben der Treppe abgestellte, blütengelbe Stiefelchen und streifte diese über.

„Rosa passt auf die Rosen und die Waldrebe auf, die Löwenzahns versuchen das Stiefmütterchen zu bändigen. Mein Gänseblümchen schläft tief und fest, deshalb ist es an mir, euch zu begleiten." Ich reichte eine Hand nach unten und Gerda stieg mit einer, für dieses Schalknäuel verblüffenden, Eleganz darauf und klammerte sich dann sicher an meinen Arm.

Dieses Mal war die Fahrt hinauf auf den Rennsteig kein ausgelassener Ausflug. Den beiden Schlangenmenschen hatten wir die beiden beheizbaren Sitze vorn überlassen, weshalb Hannes grummelnd und japsend neben dem Wagen her rannte. Eher lief er, als dass er sich auf die Rückbank verfrachten ließ. Nicht einmal der Hinweis, dass er die Gerüchte um einen wilden Wolf in der Gegend nähren würde, hatte ihn dazu bringen können, sich neben uns im Fond niederzulassen.

Am Ziel angekommen umfing uns ein emsiges Gewusel. Alles, was auch nur die allergeringste magische Fähigkeit innehielt, versammelte sich gerade um ein gewaltiges Feuer.

Der Ketzersrasen an sich strahlte im Licht der unzähligen Goldkugeln, welche seit der Thomasnacht mit dem Einbruch der Dunkelheit allnächtlich erstrahlten. Zusätzlich hatte man die vielen Anflugfichten mit Flitter bestreut und Äpfel sowie Nüsse für die Tiere in die Zweige gehangen. Ich entließ die Ottern aus dem warmen Rucksack, in welchen diese sich auf dem zugigen Parkplatz verkrochen hatten und stellte das Vogelhäuschen mit Gerda darinnen auf einen Baumstumpf in der Nähe des Feuers, wo bereits mehrere dieser kleinen Behausungen abgestellt worden waren und nun den Eindruck eines winzigen Dorfes machten.

Die meisten der Anwesenden trugen ihre besten Wintersachen und die Frauen schnatterten aufgeregt miteinander. Eine große Anzahl Töpfe und Pfannen reihten sich auf einigen mitten auf dem Platz aufgestellten Biertischgarnituren aneinander. Grinsend stellte auch ich die große Auflaufform ab, welche unser eigentlich geplantes Abendessen enthielt. Jakob hatte sich für den Heiligabend ausgerechnet Nudelauflauf gewünscht. Mit jeder Menge Tomaten und Käse.

Durch diese neue Entwicklung des Abends durften einige Mitglieder unseres Haushaltes aufatmen, welche sich bereits lautstark über den Speiseplan beschwert hatten, würden sie nun doch noch in den Genuss von Fleisch oder anderen Leckereien kommen würden.

12.

„Jch berufe die außerordentliche Versammlung der magischen Gemeinschaft ein." Damians Stimme fuhr allen Anwesenden durch Mark und Bein, wie ich an den geschüttelte Gliedmaßen und dem Zusammenzucken der Körper unschwer erkennen konnte. Eine fast schon gespenstische Stille legte sich über die Wälder. Einzig das Knattern eines Motorrades zerschnitt die atemlose Ruhe, bis der Motor ein letztes Mal aufheulte und auch dieses Geräusch erstarb. Damians Stimme wurde von einer höheren, aber nicht minder kräftigen, abgelöst.

„Im Namen der Naturgeister grüße ich Euch und bitte nach den Regeln der seit Urzeiten geltenden Richtlinien und im Namen des magischen Rates um Hilfe!" Also hatte Sybilla Julius noch in der Nähe erwischt und der Elf hatte sich bereit erklärt, sich unserer ganz speziellen Schwierigkeiten anzunehmen. Der traditionelle Satz, mit welchem in unseren Kreisen um Hilfe gebeten wurde, verhallte in der Stille der Nacht und wurde von allgemeinem Nicken beantwortet.

„Ich erbitte den Zusammenschluss der Magie, um die Kleingeflügelten zu beschützen und deren Existenz zu festigen." An einigen Stellen rund ums Feuer wurden die Augen über Julius' antiquierte Sprechweise verdreht. Magdalena erhob sich als erste.

„Die Elfenblütigen erbieten sich." Eine schwarzhaarige, junge Frau stellte sich mit wehendem Haar neben die Kräuterfrau.

„Die Hexen des Zirkels vom Ketzersrasen schließen sich an."

„Die Mondwölfe bieten ihre Kräfte dar."

„Zhzzzz." Das waren dann wohl die Schlangenmenschen, die ihre Unterstützung anboten.

„Die Nymphen stehen Euch ebenfalls bei."

Und so ging es immer weiter, bis jede der versammelten Gruppen ihre Bereitschaft, Julius ihre jeweilige Magie anzubieten, erklärt hatte.

Danach wurde ein großer, kristallener Kelch ums Feuer gereicht und ein jeder nahm einen Schluck des speziellen Kräuterweines, der zu diesen Anlässen seit Jahrhunderten genutzt wurde, um die Verträge zu schließen. Kaum war dieser wieder an seinem Ausgangsort angelangt, setzte ein melodischer Singsang ein.

Julius hatte begonnen, eine der uralten Beschwörungen der Wälder zu singen, die alle Kräfte zu bündeln in der Lage war. Ich hatte ihn erst ein einziges Mal diese Silben singen gehört und allein die Erinnerung daran, ließ sich die Härchen auf meinen Armen aufstellen. Das Wolfsrudel stimmte jaulend ein, gefolgt von dem wellenartigen Obertongesang der Nymphen. Nach und nach schlossen sich alle Anwesenden der Beschwörung an.

Der Gesang schwoll an und die Natur schien die Luft anzuhalten. Immer höher wurden die Töne in die Lüfte getragen und man meinte die Wellen der Worte schier zu sehen, wie diese sich kugelförmig in alle Richtungen ausbreiteten. Dann erreichten die Gesänge ihren ohrenbetäubenden Höhepunkt und die Flammen des Feuers schlugen in unglaubliche Höhen auf. Funken sprühten wie unzählige Glühwürmchen auf einer Sommerwiese und deren zauberhaftes Licht legte sich weit über die Wälder.

Julius erhob die Arme über den Kopf und trat singend zwischen die brennenden Scheite in das Zentrum des Feuers. Die Handflächen zum Himmel ausgerichtet sog er förmlich die Magie aus den singenden Mitgliedern der Gemeinschaft.

Mit einem letzten, unglaublich hohen Ton brach der Gesang ab und Julius erhob sich gleichzeitig über die Flammen. Sein Körper schraubte sich nach oben, bis er über der höchsten Spitze der Flammen schwebend zum Halten kam.

„Macht der Natur, wir berufen dich, ein Volk der Unseren vor dem Untergang zu erretten! Schöpfer und Todesbringer, Luft und Flammen, Leben und Tod, wir berufen euch, zur Hilfe zu eilen. Der Kreislauf des Lebens ist unterbrochen und das Loch muss geflickt werden. Mächte des Lebens, sammelt euch und eilt zu uns."

Ein Rauschen brandete auf und wie ein Wirbelsturm begannen riesenhafte Funken um das Feuer zu kreisen, diese knisterten, zerfielen in Funkelschauer, vereinten sich wieder und bündelten sich letztendlich zu einem funkelnden Stab in Julius' ausgestreckter Hand. Der Elf streckte den Stab gen Himmel und erhob sich selber noch einige Meter weiter in die Luft.

Der Stab begann, in tausenden Farben u glitzern und ich begriff, was er im Begriff war zu tun.

Die Idee war genial. Und würde unzählige Leben retten. Nicht nur das, sie sollte in der Lage sein, den Feen eine sicherere Zukunft zu ermöglichen. Ich zog die Mütze vom Kopf und verneigte mich vor dem Elfen. Ich spürte, wie es der Rest der Gemeinschaft mir gleich tat, da sie alle in diesem Augenblick

begriffen hatten, was Julius im Begriff war zu tun. Da sie alle von ihrer Magie für das große Ganze gegeben hatten, erfuhren sie auch alle gemeinsam, was geschehen würde. Julius begann nun, den Stab in weiten Kreisen hoch über seinem Kopf zu schwingen. Ein glitzernder Wirbel entströmte der Spitze und sammelte sich über den Flammen. Erst schien es, als würde der Glitzer zu schwingen beginnen, als ich erkannte, dass es Feen waren, die sich um Julius versammelten.

Da die Kleinen derzeit ja keine Flügel hatten, trug sie der glitzernde Staub nach oben und sorgte dafür, dass sie im Kreis um Julius schwebten.

Die Feen ergriffen ihre Hände und begannen nun ihrerseits zu singen. Immer lauter und höher trieben sie das Lied, bis urplötzlich die Flammen des Feuers in sich zusammenfielen und uns minutenlang nichts als glitzernder Feenstaub umgab. Der fahlschwarze Winterhimmel, die Wälder und alle Anwesenden glitzerten im Rausch des Feenstaubes und dem verlöschenden Leuchten der Glut. Auf der Wiese wurde es totenstill, als alle auf einmal die Luft anhielten.

Dann explodierte das Licht. Gleißend strahlend erhob sich eine Stichflamme aus dem Zentrum der glühenden Scheite und schleuderte den Feenstaub weit hinaus über das Land.

Kaum war dieser mitsamt der Flamme verschwunden, setzte ein ohrenbetäubendes Knirschen und Knacken ein, welches minutenlang anhielt und erst mit dem Wiederaufflammen des Lagerfeuers nachließ. Während um das Feuer herum alle gemeinsam nach Luft schnappten,

ließ sich Julius auf einem umgefallenen Baumstamm nieder und sich einen Kelch mit Wein reichen. Der Elf war offensichtlich völlig erschöpft und kaum in der Lage, den Becher zu halten.

Neben mir ließ sich Hannes auf den liegenden Stamm fallen, der als Sitzgelegenheit diente.

„Du kannst sagen was du willst, das war mehr als sich um ein paar Feentürchen zu kümmern." Ich lehnte mich schmunzelnd an seine Seite.

„Julius hat ja wohl noch niemals halbe Sachen gemacht. Das wird ein gruseliges Frühlingserwachen für die Menschen."

Sybilla trat mit einem großen Krug in den Händen zu uns. „Das haben wir uns jetzt alle verdient." Mit diesen Worten versorge sie alle mit herrlich duftendem, heißen Honigwein.

Und dann setzte ein weiterer Gesang ein.

Durch die feenstaubglitzernde Winterluft erklang das Lied des Weihnachtsengels, untermalt von den zahlreichen Kirchenglocken der Gegend. Limat, der weiße Engel der Weihnacht, verkündete seine Friedensbotschaft mit heller Stimme weit über den Erdball und um uns herum breitete sich reine Liebe aus.

Hannes umarmte mich und als ich aufblickte, sah ich überall die tiefen Gefühle, welche diese besondere Nacht allen Lebewesen schenkte.

Amalia hielt ihren erschöpften Julius ebenso im Schoß wie Gallus seine Sybilla. Cernun drückte sich an Brigid und überhaupt hatte jeder seinen Herzensgefährten im Arm.

Ich sah mich nach Jakob um.

Aber ich hatte mir völlig umsonst Sorgen gemacht, denn Jakob hielt sich strahlend wie ein Honigkuchenpferd an seinen Eltern fest, die ihn zwischen sich eingeklemmt hatten und gerade einen innigen Kuss tauschten.

13.

War die heilige Nacht schon verzaubert gewesen, dann war es trotzdem nichts gegen den Weihnachtsmorgen in unserem Zuhause. Mit dem Aufdämmern des neuen Tages erwachte ich durch ein unruhiges Wuseln im ganzen Haus. Kleine Füße trappelten über die Böden, Geschirr klapperte und irgendwo stritten sich zwei helle Stimmchen. Als dann eindeutig der Klang von splitterndem Glas bis in unser Schlafgemach drang, löste ich mich aus Hannes' warmer Umarmung und schob die Füße aus dem Bett.

Schon vor unserer Kammertür herrschte bunter Trubel. Drei Feen zogen den großen Besen hinter sich her und versuchten, die Scherben einer Christbaumkugel unter den orientalischen Läufer zu kehren.

„Ups." Ich verdrehte die Augen, als die drei sich mit dem puren schlechten Gewissen in den Augen vor die Glasreste stellten und zu glauben schienen, dass ich die türkisblauen Reste so übersehen würde. Was ich ganz offensichtlich tat. Ich grüßte die Feen und schritt hoheitsvoll über den Teppich und die Treppe hinab. Wo ich dann das Kichern nicht mehr unterdrücken konnte. Dieses blieb mir in der Kehle stecken, als ich die Küchentür aufschob. Verwundert rieb ich mir über die Augen. Egal, wo ich hinsah, wimmelte es von den unterschiedlichsten Feen, die ganz offensichtlich dabei waren, ein opulentes Weihnachtsmenü zu kochen. Ich hatte die Szenerie längst noch nicht überblickt, als man mir auch schon einen Pott voll mit glitzerndem Kaffe unter die Nase schob. Verwirrt starrte ich in die Tasse und schaute mich danach ein weiteres Mal in unserer Küche um. Das Gebräu glitzerte ebenso wie die Brötchen, die Karotten und irgendwie alles.

Rosa schwang sich von der Küchenlampe auf meine Schulter.

„Es ist so wundervoll, Syri. Schau dich um, so viel Glitzer und Glück." Recht hatte sie. Alle Feen im Raum strahlten pures Glück aus. Ich entdeckte auch unsere Löwenzahnmonsterfeen und die anderen Verletzten unter den fröhlichen Köchen.

„Sie sind wieder bei sich?" Rosa nickte, dass ihre Löckchen nur so flogen.

„Als der Glitzerstaub sich verbreitete, sind sie alle erwacht. Aber nicht nur das. Überall, wo die Feentürchen an Bäumen hingen, sind jetzt kleine Wohnungen entstanden. Ungezählte Hindernisse sind zu wundervollen Behausungen geworden. Und die, welche unter die Erde gebannt waren, sind ebenfalls erlöst worden." Ich erinnerte an all das Krachen und Knistern.

„Ach herrje, also ist es wahr?" Die kleine Fee kicherte fröhlich.

„Es hat leider eine ganze Menge Straßen erwischt, deren Asphalt leider nach dem Winter völlig aufgerissen zum Vorschein kommen wird. Und die Wurzelsperren in diesen schrecklichen Kiesgärten haben sich übrigens alle aufgelöst."

Gemeinsam mit den Feen brachten Brigid, Luise und ich ein wunderbares Festmenü auf den Weg, während die Männer in unserem großen Garten eine lange Reihe Tische und Stühle aufbauten,

Heizpilze ausrichteten und noch jede Menge Weihnachtsschmuck verteilten. Allerdings war der Garten sowieso schon verzaubert worden, da der allgegenwärtige Glitzerstaub allein schon für die kitschigste und magischste Weihnachtsatmosphäre seit mindestens einhundert Jahren sorgte.

Am frühen Nahmittag trudelten sie dann alle ein.

Magdalena, die schwarzen Männer, mit uns befreundete Nymphen, alle Rudelmitglieder die in der Nähe waren, die Elfenartigen, grummelige Zwerge, die Hexen und viele mehr. Besonders zum Heulen waren die Umarmungen innerhalb des Rudels, denn erstmals seit Jahren waren fast alle gekommen. Connie umarmte Clemens und Margarethe, seine Eltern und wurde gleich darauf von seinem Großvater Conrad umarmt. Und dann waren da noch die Feen. Schnatternd und kichernd saßen sie zwischen all den großen Wesen und verströmten einfach nur große Glückseligkeit. Dabei schafften sie ein weiteres Weihnachtswunder, denn sie ließen diese sogar auf die schlechtgelaunten Zwerge abfärben, welche den Vorabend doch glatt über einem weihnachtlichen Gelage verpasst hatten und sich darüber ärgerten.

Ich stand in der Hintertür und betrachtete meine riesige, bunte Familie, als mich Limat, der Luftdämon und Weihnachtsengel, von hinten umarmte.

„Fröhliche Weihnachten, Dryade."

Nur noch ganz kurz....

Bevor ihr geht, hab ich noch was. Syri hat mir diese Geschichte ja
diktiert. Wenn ihr Lust habe, dann lest sie doch auch, die ganz
persönliche Geschichte der Fliederdryade.
Auf der nächsten Seite könnt ihr einmal reinschnuppern.
Los geht es!

Margarethe Alb

Fliederblütenregen

Margarethe Alb

Worum geht es hier eigentlich?

Syringa ist hoffnungslos verliebt. Und zwar seit mehr als zweihundert Jahren, was selbst für eine Dryade ziemlich verrückt klingt. Denn ihr Angebeteter hat sie vor eben dieser Zeit verlassen, um ohne sie, die durch ihre Natur an die Heimat gebunden ist, durch die Welt zu ziehen. Syri hat sich daran gewöhnt, allein zu sein und den ehrenwerten Wolfsritter Johannes von der Wallenburg einzig aus der Ferne anzuschmachten. Nur die alte Otter Schosch leistet ihr tagtäglich Gesellschaft, da diese sich zwischen den Wurzeln von Syringas heimischem Fliederstrauch angesiedelt hat.

Aber im Jahre 1510 kehrt Johannes plötzlich auf die heimische Wallenburg zurück und die Gerüchteküche beginnt zu brodeln. Von einer Braut aus dem fernen Orient berichten die Weiber. Syri trägt es mit Fassung, bis zwei wildfremde Wölfe die so lebenswichtigen Ableger ihres Fliederstrauches zerstören. Als dann noch ihr Strauch an sich zum Sterben verdammt wird, bricht ihre ganze Welt zusammen.

Das Buch kann für sich gelesen werden, aber es ist auf keinen Fall von Nachteil, wenn man die Rynestig-Reihe kennt, da viele der Wesen, einschließlich Syringa und Johannes, auch diese Bücher bevölkern.

1

1510

„Ach du heiliges Blütenköpfchen."

Ich blickte an mir herab und erstarrte. Ausgerechnet in diesem, von Flecken übersätem Kleid geschah es. Konnte nicht ein einziges Mal etwas genau so funktionieren, wie in meinen Träumen? Ich verdrehte die Augen und unterdrückte ein entsetztes Stöhnen.

Das war ja einmal wieder so typisch Syringa. Sah ich doch glatt aus wie einer der ungepflegtesten Waldschrate, die man je gesehen hatte. Und das tat ich natürlich ganz genau in dem Augenblick, wo mir mein Traummann begegnete. Wobei die Frage, ob es nicht eigentlich mein Albtraummann war, noch nicht so ganz geklärt war.

Groß und überaus gut aussehend, stand er nun also direkt vor mir. Und übersah mich total.

Er schien mich nach den vergangenen beiden Jahrhunderten einfach nicht mehr zu erkennen.

Und dass, obwohl ich mein Haar genau auf dieselbe Art aufgeflochten hatte, wie ich es gegen Ende des dreizehnten Jahrhunderts schon getan hatte. Obwohl die Mode derzeit etwas anderes diktierte, konnte ich mich nach wie vor nicht überwinden, etwas an der Art meiner Frisur zu verändern, denn ihm hatte genau dieses Flechtwerk mit den winzigen, eingesteckten Blüten immer so sehr gefallen.

Aber offenbar stieß ihn mein verschmutztes Äußeres so sehr ab, dass er es überhaupt nicht für notwendig erachtete, überhaupt einen zweiten Blick auf die dreckige Syringa zu werfen.

Es war ja nicht so, dass wir uns in den letzten Jahrhunderten nicht hin und wieder über den Weg gelaufen wären. Allerdings hatten wir darauf geachtet, uns dabei nicht allzu nah zu kommen. Eher gesagt war ich beflissen gewesen, mich zu verbergen, wenn er denn einmal nach Hause gekommen war. Ich hatte mich dann darauf beschränkt, ihn nur aus der Ferne anzuhimmeln. Obwohl es für mein Seelenleben vermutlich die beste Lösung gewesen war, ihm fernzubleiben, war es doch nicht ganz freiwillig geschehen. Hatte ich damals doch nur in der Nähe der Wallenburg bleiben dürfen, als ich versprochen hatte, mich von ihm fernzuhalten.

Mischehen verschiedener Wesen gegenüber war die magische Gesellschaft nun einmal sehr skeptisch. Zwar gab es immer wieder einmal Paare, die sich zueinander bekannten und gemeinsam durch die Jahrhunderte zogen, aber diese hatten es nicht immer leicht. Diese konnten sich oft nur unter großen Schwierigkeiten in einer Gemeinschaft behaupten. Und wenn der Sohn des Rudelführers eine solche Torheit begangen hätte, wäre das ganze Rudel in Gefahr geraten.

Vermutlich.

Eine Beziehung zwischen Wolf und Dryade kann daher überhaupt nicht in die Tüte.

Das meinte zumindest der allzeit gestrenge Anführer des hiesigen Rudels, Graf Conrad, seines Zeichens Vater meines ehemaligen Geliebten.

Zu der Zeit als das mit seinem Sohn und mir begann, ließ dieser sich allerdings gerade mit seinem Zweitnamen Otto rufen. Ich verdrehte innerlich die Augen. Es schien völlig gleich, ob er Otto oder Conrad war, sein Junge sollte gefälligst eine gestandene Mondwölfin ehelichen. Und eben keinen flatterhaften Fliederstrauch. Conrad Otto tauschte zwar in schöner Regelmäßigkeit seine Namen, aber eben nicht die Ansichten.

Es ist bis heute ein Problem, welches alle jene Wesen haben, die länger leben als die Menschen um sie herum.

Um ihre wahre Natur zu verbergen, wechselten daher seit je her alle, die über eine längere Lebensspanne verfügten, regelmäßig ihre Vornamen. Nur so waren sie in der Lage, sich gefahrlos in der Gesellschaft der einfachen Menschen zu bewegen. Einzig Ottos Sohn Johannes und der glatzköpfige Anführer des lokalen Clans der Ottern, widerstanden trotz aller Widrigkeiten, welche eine solche Sturheit nach sich zog, über mehrere Jahrhunderte dieser Notwendigkeit. Cernun der Schlangenmensch, der vor ewig langer Zeit sogar einmal als Gott verehrt worden war, hätte nie im Leben auf seinen angestammten Namen verzichtet, egal was kam.

Und Johannes hatte es ja bekannterweise vorgezogen, das Land zu verlassen. Natürlich war er hin und wieder nach Hause zurückgekehrt, aber niemals für eine längere Zeit. Anfangs war er noch zu jeder Thomasnacht und dem folgenden Weihnachtsfest zurück auf die heimische Wallenburg gereist, aber im Laufe der Zeit wurden seine Besuche immer seltener.

Zuletzt hatte ich ihn aus der Ferne bewundert, als er einige Monate gemeinsam mit seinem Bruder Clemens durch die heimatlichen Wälder streifte. Die Geschwister schienen viel Spaß gehabt zu haben, es war zum Kaputtlachen gewesen, die Beiden zu beobachten. Die beiden hatten nur Blödsinn gemacht und waren sogar zu Strafarbeiten verdonnert worden.

Ihr Vater hatte sie doch glatt als Begleitritter für eine rein menschliche Kaufmannskolonne eingesetzt. Was genau während dieser Mission schief gelaufen war, hatte mir keiner so genau verraten. Einzig Limat war es gewesen, die hin und wieder einige rätselhafte Andeutungen gemacht hatte. Aber diese waren zu meinem Leidwesen sehr wage geblieben. Irgendetwas war geschehen, dass sogar ihr wohlgeordnetes Dasein in ein Chaos gestürzt hatte.

Mir hatte es nämlich zu denken gegeben, dass Limat sogar mir verboten hatte, sie zu besuchen. Während wir früher immer wieder einige entspannte, fröhliche Tage in ihrem wolkigen Reich verbracht hatten, kam ich seit der missglückten Begleitung der Kaufleute nicht mehr weiter als bis zur großen Regenbogenbrücke.

Nun war er also wieder da. Das Gesinde der Burg murmelte, Johannes sein einzig aus dem Grunde gekommen, die Familie über seine anstehende Vermählung zu informieren. Angeblich wollte er eine rassige Schönheit aus einem Rudel des weit entfernten Ostens freien.

Eine Wüstenwölfin hätte sein Herz erobert, sagten sie. Die Küchenmagd behauptete sogar gehört zu haben, dass die Beiden bereits heimlich still und leise einige kleine Welpen in die Welt gesetzt hätten, welche nun auf die Rückkehr des Vaters warteten. Somit war er für immer für mich verloren und Conrad bekam seine standesgemäße Schwiegertochter.

In meine traurigen Gedanken versunken, wischte ich die Hände an der Schürze ab und blickte an mir herunter. Es war beileibe kein Wunder, dass er mich übersehen hatte. Während Johannes auf das feinste herausgeputzt und stolz erhobenen Hauptes vorbeigeritten war, stand ich mitten im Matsch und war von Kopf bis zu den Zehenspitzen vom allgegenwärtigen Schmutz besudelt.

Vermutlich hatten sich die Spritzer des nassen Lehmbodens sogar bis in mein Antlitz verirrt. Sollten die Gerüchte allerdings stimmen, wäre es auch besser so. Johannes hätte dann auch keinerlei Grund gehabt, sich mit einer Dryade abzugeben.

Und solch einer schmutzigen erst recht nicht. Seine Partnerin trug vermutlich nur die feinsten Stoffe und pflegte ihre Hände mit duftenden Essenzen. Meine Haut dagegen war rissig, unter den Nägeln hing Dreck. Ich seufzte und wand mich wieder meiner Arbeit zu. Das war wichtiger, als hinter einer ohnehin verlorenen Liebe her zu schauen.

Kaum war der edle Herr zwischen den Stämmen der großen Buchenbäume verschwunden, kündigte das Getrappel von mindestens acht Pfoten weitere wölfische Neuankömmlinge an. Ich stöhnte genervt auf, als zwei hellbraun gefleckte Wölfe schlitternd direkt vor mir zum Stehen kamen. Den Zeichnungen ihrer Pelze nach, waren die beiden verwandt. Da der hinten laufende Wolf um einiges größer als der forsch vornweg springende war, vermutete ich, dass es sich um Vater und Sohn handelte. Die beiden begannen umgehend, mich mit ihrem unverständlichen Kauderwelsch zuzujaulen. Zumindest übersahen sie mich nicht. Ich runzelte die Stirn. Aus deren fürchterlichem Dialekt wurde die hellste Dryade nicht schlau.

„Was wollt ihr?"

„Jau."

Toll. Ich verdrehte die Augen zum Himmel. Die Wölfe schüttelten sich kurz und ließen sich, inmitten der Schlammpfütze direkt vor mir, nieder.

So viel dazu, dass ich eigentlich damit beschäftigt gewesen war, neue Setzlinge meines Fliederstrauches, in den Boden zu drücken.

Immerhin war mein Wohnstrauch bereits mehr als zweihundert Jahre alt und damit bereits als uralter Flieder zu betrachten und würde vermutlich nicht mehr allzu lange durchhalten. Irgendwie hatte sich das Schicksal gegen mich verschworen. Ich warf den beiden Wölfen strenge Blicke zu und ein Keuchen entkam meinem Mund.

Das durfte doch nicht wahr sein.

Dieser halbstarke Wolf spielte mit seinem Leben, rollte der dämliche Hund sich doch gerade übermütig auf den Rücken, damit ich, die uralte Dryade ihm den Bauch kraulen sollte. Der Mistkerl ruckte und zuckte, bis er auch wirklich bequem vor mir lag. Und zwar direkt auf meinen liebevoll vorgezogenen Setzlingen.

Sein Kumpel, oder vielleicht Vater, schien aus demselben Treibholz geschnitzt zu sein. Mit dem Unterschied, dass dieser sich zumindest über das Gras rollte, welches kräftig und leuchtend grün gefärbt, auf der angrenzenden Wiese wuchs.

Ich baute mich vor dem nun schlammverkrusteten Untier auf und stützte die Hände in die Seiten. Erst, als ich noch dazu mit einem Fuß einen schnellen Rhythmus auf den Boden tappte, bemerkte der Gauner, dass irgendetwas nicht zu stimmen schien.

Mit einem Blick, der fast jedes Herz erweichen konnte, schaute er zu mir auf. Leider war der Flieder nicht gänzlich unempfänglich für diese Hundeblicke.

Verflixte Fliedermotte noch einmal, sollte ich eigentlich nicht schon ewig gelernt haben, diesem Gehabe zu widerstehen? Aber offenbar hatte die dumme Dryade eine Leidenschaft für Hunde.

Und Wölfe. Aber es war zum Blütenraufen. Ich schluckte meinen Drang hinunter, ihm den Bauch zu streicheln und setzte meinen strengsten Blick auf. Trotzdem schien dieses Exemplar ein wenig schwer von Begriff zu sein, oder er hatte es noch nie mit einer

stinksauren Fliederfrau zu tun gehabt. Der wagte es doch glatt, mir ein aufforderndes Jaulen zu senden.

So nicht.

Nicht mit mir.

Ich holte tief Luft.

„Was ist? Hast du es immer noch nicht begriffen, dass du störst, Mondheuler?"

Der Wolf zog die Augenbrauen zusammen und rollte sich zurück auf die Füße.

In diesem Augenblick brachte das Vieh das Fass endgültig zum Überlaufen, als er es wagte, schlammverschmiert wie er war, sich auch noch zu schütteln.

Sein ähnlich begriffsstutziger Freund jaulte offenbar lachend auf und während ich mir die Tränen verkneifen musste. Inzwischen war ich über und über vom lehmigen Schlamm bedeckt und meine guten Setzlinge schienen verdorben.

Dazu kam noch das Verhalten des eingebildeten Johannes, welches meine Laune sowieso schon an den Rand des Erträglichen geschoben hatte. Und dann mussten auch noch diese beiden Hanswurste hier auftauchen und Chaos verbreiten.

Das war es. Ich konnte nicht mehr. Es hatte nur wenige Stunden gebraucht, um mein Leben umzukrempeln und mir noch dazu die Zukunft zu versauen. Diese lag schlichtweg im Schlamm begraben. Ich war geknickt und zwar im wahrsten Sinne.

Dämliche Wölfe.

Ich ließ mich am Stamm meines Flieders herab rutschen und verbarg mein Gesicht zwischen den Händen.

„Hättet Ihr zufällig ein Hemd für mich übrig?" Die tiefe Stimme ließ mich zusammenzucken und ich spähte vorsichtig zwischen den Fingern hindurch. Ein schwarzhaariger, unbekleideter Mann rieb sich verlegen die ansehnlich breite Brust.

Ich griff, als wäre ich ferngesteuert, hinter mir in den Stamm meines Flieders und zog zwei grob gewebte Leinenkutten hervor, die hier jeder zur Sicherheit in Reichweite hatte, falls einmal wieder Angehörige des lokalen Rudels vergessen hatten, vorzusorgen.

Der andere Wolf stand nach wie vor auf seinen schmutzigen vier Pfoten in der schlammigen Kuhle und sah mich, allerdings inzwischen eindeutig schuldbewusst, an.

„Ich entschuldige mich für das Verhalten meines Sohnes, Baumfrau. Wir waren wohl zu lange als Wölfe unterwegs und er hat offensichtlich vergessen, wie man sich in der Anwesenheit von Damen verhält."

„Und da konnte er dem Matschloch nicht widerstehen?" Der Wolfsmann zuckte entschuldigend mit den Schultern.

„So ist das nun einmal mit den Welpen. Egal, wie sehr man versucht, sie zu erziehen, kaum laufen sie einer gepflegten Pfütze vor die Ränder, sitzen sie auch schon mittendrin im Sumpf."

Fast hätte ich gekichert, aber der Gedanke an die verdorbenen Setzlinge ließ mich nicht wirklich Freude und Spaß empfinden. Obwohl das Wölfchen eigentlich schon ziemlich putzig wirkte, so wie es mich aus der Mitte der Pfütze heraus anschmachtete.

Da er mir allerdings die Zukunft ziemlich erschwert hatte, fiel es mir nicht leicht, seinen schelmischen Blicken nachzugeben.

Mein Strauch war ja für Fliederverhältnisse schon ziemlich alt und die Lebenskraft verließ ihn zunehmend. Wenn ich nicht in den nächsten zwei bis drei Jahren in einen Nachkömmling meines geliebten Flieders umziehen könnte, würde auch ich schneller, als man mit den Fingern schnippen konnte, alt und grau werden. Die dunkle Stimme des Fremden riss mich aus meinen düsteren Gedanken.

„Seid sicher, hübscher Fliedergeist, mein Sohn wird den Schaden, welchen er offenbar in all seinem Übermut verursacht hat,

höchstpersönlich wieder gut machen. Sagt, was Ihr zu bekommen habt und er wird es beschaffen." Ich schüttelte traurig und resignierend den Kopf. Hierbei würde mir kein Mondwolf der Welt helfen können. Keiner ihrer Art wäre in der Lage, meine Setzlinge in der Kürze der Zeit wieder wachsen zu lassen.

„Herzlichen Dank für Euer Angebot, aber er wird mir nicht behilflich sein können. Einzig ein Waldelf könnte den soeben angerichteten Schaden gut machen, aber es gibt im weitesten Umkreis keinen Vertreter dieser Art mehr. Ich werde wohl Geduld aufbringen müssen." Um ihm zu zeigen worum es überhaupt ging, zog ich eines der zerknickten Pflänzchen unter dem pelzigen Hinterteil des Jungwolfes vor und strich vorsichtig darüber.

Der Wolfsmann stöhnte mitleidig auf und verpasste seinem eigenen Sprössling eine Ohrfeige, bevor er mir wieder ins Gesicht schaute.

„Überlegt es Euch noch einmal, verehrte Dryade. Solltet Ihr es Euch überlegen und doch noch einen Wunsch äußern wollen, Ihr findet uns für einige Tage auf der Wallenburg bei Conrad. Ihr wisst, wo das ist?"

Ich nickte und wedelte mit der Hand, um das Duo endlich aus der Reichweite meiner Wurzeln zu vertreiben. Der Bereich glich einem matschigen Schlachtfeld, aber es gelang mir, zumindest zwei der zarten Pflänzchen zu erhalten. Die beiden Setzlinge schienen nur ein wenig verdrückt worden zu sein. Um ganz sicher zu gehen, dass diese auch ungestört anwachsen könnten, pflanzte ich einige wild aufgegangene Brombeersämlinge um die nun so wertvollen Fliedergeschwister herum.

Ich seufzte laut vernehmlich auf, als schon wieder der Klang schneller Schritte einen Besucher ankündigte.

Wenn ich wahnsinnig viel Glück hatte, wären es nur einige Frauen aus dem Dorf, die sich auf die Suche nach frühen Pilzen oder Walderdbeeren gemacht hatten.

Für diesen Tag hatte ich nämlich eindeutig genug von nervenden Wolfsmännern oder anderen Wesen.

Ich zog mich lautlos in meinen Strauch zurück und spähte zwischen den belaubten Zweigen hindurch heraus auf die Lichtung und den schmalen Pfad, der sein Ende auf der Straße hinauf zur Burg hatte. Meine Augäpfel verdrehten sich fast von allein, als ich erkannte, wer da auf meinen Strauch zukam.

Die schon wieder.

Das neue Lehrmädchen der altehrwürdigen Magdalena, der Kräuterfrau, welche im grünen Haus an einem der Zuflüsse der Schmalkalde Hof hielt.

Seit Neuestem war nämlich eine ihrer Nachfahrinnen bei ihr zu Hause eingezogen und wurde in die Wissenschaft der Pflanzen- und Kräuterkunde eingeführt. Angeblich wallte in dem blutjungen Ding langsam aber sicher die stärkste Elfenkraft seit vielen hundert Jahren auf. Bislang war die naiv wirkende Margarethe allerdings noch vollkommen unwissend.

Das hatte zumindest Alin, die Wasserfrau, welche im Bach am grünen Haus lebte, mir hinter vorgehaltener Hand verraten.

Das Mädel schlenderte leichten Schrittes vorbei, am Arm trug sie einen großen Korb. Offenbar missbrauchte Magdalena ihr neues Lehrmädchen einmal mehr als Einkaufhilfe und sandte sie zum Markt in die Stadt oder eines der nahegelegenen Dörfer.

Ich schaute Margarethe hinterher, bis sie im Dämmerlicht des Waldes verschwunden war und scheuchte danach einige Rehe weg, die sich zu dicht an die frischgesetzten Brombeeren wagten.